와룡봉추

임영기 新무협 판타지 소설

FANTASTIC ORIENTAL HEROES

와룡봉추 10

임영기 新무협 판타지 소설

초판 1쇄 찍은 날 § 2019년 9월 10일
초판 1쇄 펴낸 날 § 2019년 9월 17일

지은이 § 임영기
펴낸이 § 서경석

총괄팀장 § 노종아
편집책임 § 김경민

펴낸곳 § 도서출판 청어람
등록번호 § 제387-1999-000006호
등록일자 § 1999. 5. 31
어람번호 § 제2-2808호

주소 § 경기도 부천시 부일로 483번길 40 서경B/D 3F (우) 14640
전화 § 032-656-4452 팩스 § 032-656-4453
http://www.chungeoram.com
E-mail § chungeorambook@daum.net

ⓒ 임영기, 2019

ISBN 979-11-04-92049-3 04810
ISBN 979-11-04-91921-3 (세트)

10

와룡봉추

임영기 新무협 판타지 소설

FANTASTIC ORIENTAL HEROES

도서출판 청어람

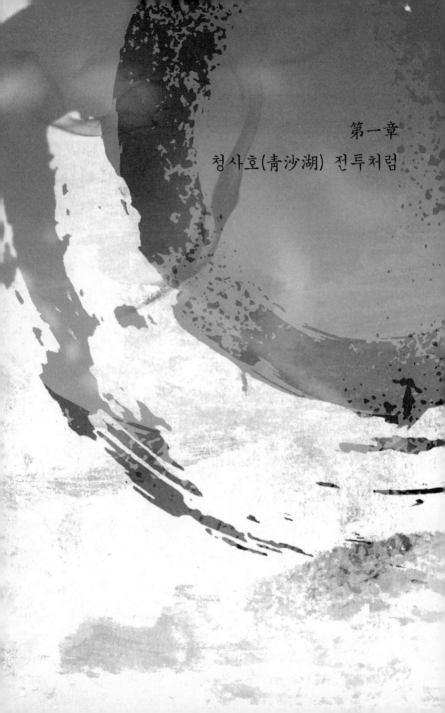

第一章

청사호(青沙湖) 전투처럼

　동이 터올 무렵에 화운룡 일행은 숲이 갑자기 끝나면서 전방이 환하게 트이는 드넓은 초원을 맞이했다.

　온통 누런색으로 물든 초원은 얼마나 넓은지 그 끝이 보이지 않을 정도다.

　"여기가 어디쯤인가요?"

　숲이 끝나는 지점에 멈춰 선 운설이 안고 있는 솔천사를 한 번 내려다보고 나서 물었다.

　화운룡은 하늘을 올려다보고 주변을 둘러보았다.

　세 사람의 정면에서 초원이 끝나는 곳이 부옇게 밝아오고 있다.

"초원이 끝나는 곳에 강이 있을 거야."

그는 이곳에 오기 전에 배에서 괄창산과 주변의 지형에 대해서 충분히 숙지를 했다.

"양천(陽川)이라는 강인데 중류에서 영강과 만나고 하류에 황암현이 있다. 거리는 대략 오십여 리일 거야."

명림과 운설 얼굴에 엷은 미소가 피어났다.

"거의 다 왔군요."

황암 포구에는 화운룡 일행이 타고 온 운류선이 정박해 있으며 그 배를 타고 바다로 나가면 안심이다.

명림과 운설은 출발하지 않고 서서 초원을 응시하고 있는 화운룡이 망설이고 있음을 눈치챘다.

"초원이 위험하겠죠?"

전신(戰神) 또는 무신(武神)으로 불렸던 화운룡이다. 말인즉 전투와 무공의 신이다.

그런 그가 선뜻 초원으로 들어가지 않는다면 그럴 만한 이유가 있기 때문이다.

"너희가 적이라면 어디에서 매복하겠느냐?"

여기까지 오는 동안 화운룡 일행은 아무하고도 부딪친 적이 없었다.

그렇기 때문에 적들을 완전히 따돌렸다고 안심할 수 있을 텐데도, 그는 적들이 추적을 했거나 미리 앞질러서 매복을 했을지도 모른다고 가정을 했다.

일어날 수 있는 모든 가능성들을 염두에 두고 그것들 중에서 우선순위에 있는 것을 선별하여 예측할 수 있는 능력을 경험이라고 한다.

운설과 명림의 시선이 초원으로 향했다.

"도망자를 몰아서 잡기에는 초원만 한 곳이 없죠."

운설은 혈영살수들이 표적을 암살할 경우를 대비시켰다.

"저 안에 들어갔다가 퇴로를 막아버린다면 독 안에 든 쥐 꼴이 되겠군요."

그렇지만 초원이 너무도 거대해서 좌우로도 그 끝이 보이지 않아 우회해서 돌아간다는 것은 불가능할 것 같았다.

"돌아가자."

그런데도 화운룡은 초원을 돌아서 가기로 결정했다. 아무리 멀더라도, 그리고 며칠이 걸리더라도 지옥으로 떨어질지도 모르는 곳을 향해 제 발로 걸어 들어갈 수는 없다.

싸움에서 백전백승의 비법이란 별것 없다. 이길 수 있는 싸움만 하면 된다. 패할 것 같은 싸움은 무조건 피한다.

살아남았기 때문에 강한 것이 아니라 강하기 때문에 살아남는다는 얘기다.

만약 수중에 죽어가는 솔천사가 없었다면 화운룡은 초원

으로 들어갔을 것이다.

예전의 그는 어떤 상황에서도 싸움을 피했던 적이 단 한 번도 없었다.

돌아서 가든 일단 후퇴를 하든 최종적으로는 그 싸움에서 승리를 했다.

화운룡이 숲의 십여 장 안쪽에서 초원의 오른쪽으로 따라서 걷기 시작하자 명림과 운설이 뒤따랐다.

한 번 잠깐 동안 깨어났었던 솔천사는 그 이후로는 다시 눈을 뜨지 않았다.

화운룡은 운설에게 안겨 있는 솔천사를 이따금 쳐다보면서 깊은 생각에 잠겼다.

육십사 년 전 화운룡이 적사검법 검법서를 구한 곳은 항주 외곽의 어느 고서점(古書店)이었다.

그의 목적은 오로지 무공서를 찾는 것이었다.

무림 최고의 무공을 원하는 것이 아니라 그저 철천지원수 녹림구련의 하나인 철사보를 피로 씻어서 복수할 수 있을 정도의 무공만 배우면 되는 것이기 때문에 적당한 무공서를 찾는 데 심혈을 기울였다.

그런 생각으로 항주 외곽의 고서점에서도 눈에 핏발을 세우고 먼지투성이 고서들을 한 권씩 뒤지고 있었다. 진흙에 묻혀 있는 진주를 찾아내기 위해서였다.

그때 고서점 주인이 고서를 한 아름 안고 화운룡 옆을 지나다가 책 한 권을 툭 떨어뜨렸다.

고서를 고르고 있던 화운룡이 떨어진 책을 힐끗 내려다보니까 뽀얀 먼지 속 책자 표지에 적사(赤射)라는 두 글자가 얼핏 보였다.

호기심이 생겨서 책자를 짚어 먼지를 털어보고 나서야 그것이 '적사검법'이라는 사실을 알게 되었다.

그때 고서점 주인이 지나가는 말처럼 툭 던졌던 말이 육십사 년이 지난 지금도 생생하다.

"이백여 년 전에 일세를 풍미했던 적사검협(赤射劍俠)이라는 절정검객을 모르시오?"

그 말을 듣고 화운룡은 두 번 생각할 것도 없이 적사검법을 사서 고서점을 나왔다.

그러고는 당장 내일부터 검법을 배우려 결심하고는 근처 주루에 들어갔다.

주루는 만원이었고 빈자리가 없었다.

그래서 부득이 합석을 했다. 그때 혼자서 술을 마시고 있던 삼십 대 중반의 사내가 호기롭게 자신의 이름을 밝혔는데 손창이라고 했다.

솔천사가 처음 정신을 차렸을 때 말했던 손창 말이다. 솔천사는 자신이 손창에게 화운룡을 괄창산 비로봉으로 보내라 지시했다고 말했다.

그리고 자신이 적사검법을 화운룡에게 보냈다고도 말했다. 말하자면 고서점 주인이나 손창 둘 다 솔천사가 안배한 사람이었다는 얘기다.

화운룡이 사부로 모셨던 솔천사는 삼십여 년 전에 십존왕의 협공으로 죽었다.

그런데 솔천사가 아직도 살아 있을 뿐만 아니라 화운룡을 알고 있다.

이 사실을 어떻게 이해해야 할지 화운룡은 머리가 복잡했다.

화운룡은 전진을 멈췄다.

처음에는 동쪽으로 가기 시작했는데 가다 보니까 어느샌가 남쪽으로 가고 있는 것을 깨달았다. 초원의 가장자리가 남쪽으로 휘어졌기 때문이다.

그가 출발하기 전에 미리 숙지했던 지형에 따르면 지금처럼 계속 가다가는 몇 시진 후에 괄창산을 벗어나게 될 것이고 또 다른 산계(山系)인 북안탕산(北雁蕩山)으로 접어든다.

그리되면 목적지인 황암현하고는 점점 멀어지고 남쪽으로

는 계속 산으로만 이어질 것이다.

가장 가까운 바닷가 마을은 낙청현(樂淸縣)이며 이곳에서 구십 리는 족히 될 것이다.

현재 목적지인 황암현은 사십여 리로 좁혀졌으니 낙청현은 두 배 이상의 거리인 셈이다.

더구나 북안탕산은 험산으로 천하에 악명이 높다. 그러니까 남쪽으로 가는 것은 온갖 악조건을 다 갖추고 있는 험로를 가야 하므로 하책 중에서도 하책이라고 봐야 할 것이다.

화운룡은 잠시 휴식을 취하면서 솔천사를 다시 진맥해 보았다.

두 시진 전에 진맥했을 때와 똑같이 차도가 없다.

지금처럼 솔천사를 계속 안고 가는 도중에 숨이 끊어진다고 해도 이상할 게 없는 상태는 여전했다.

명림이 조심스럽게 의견을 말했다.

"주군, 성동격서(城東擊西)로 가는 것은 어때요?"

운설이 거들었다.

"제 생각에도 그 방법밖에 없을 것 같아요."

엉뚱한 방향으로 일부러 약간의 기척을 내며 초원을 가로질러서 가서 혹시 있을지 모르는 매복이 그쪽으로 한꺼번에 몰려갈 때, 동시에 전혀 다른 방향으로 추호의 기척도 없이 초원을 관통하는 것이다.

그러면 다른 방향으로 가는 사람은 무사할 터이다.

물론 일부러 기척을 내는 것은 명림이나 운설 중에 한 명이 하게 될 테고 기척 없이 가는 것은 나머지 세 사람이 하게 될 것이다.

그러나 명림이나 운설이 생각해 낼 정도의 방법을 화운룡이라고 생각하지 않았겠는가.

만약 초원에 매복이 있다면 일부러 기척을 내게 될 명림이나 운설은 위험에 빠지고 만다.

솔천사를 협공해서 죽음 직전의 상황으로 몰아넣은 절정고수가 다섯 명 이상이라고 했으며, 남투정수로 짐작되는 초일류고수가 최소한 백 명은 될 터이다.

그 한복판으로 명림이나 운설을 밀어 넣고 화운룡 자신만 살겠다고 도망치라는 것이다.

방법이 성동격서뿐이라면, 예전 같으면 그 길은 화운룡이 뛰어들었을 테고 아무도 막지 못했을 것이다.

화운룡이 미간을 잔뜩 좁히고 있는 것을 지켜보다가 명림이 불쑥 말했다.

"제가 갈게요."

"제가 가겠습니다."

운설은 명림을 가볍게 밀치기까지 하면서 나섰다.

그러더니 그때부터 둘이서 자기가 가겠다면서 티격태격하

기 시작했다.

위험하다는 사실을, 어쩌면 죽을 것이라는 사실을 뻔히 알면서도 서로 자신이 가겠다고 다투는 두 여자를 보면서 화운룡은 씁쓸한 표정을 지었다.

그때 명림이 조급하게 전음을 보냈다.

[주군, 서쪽에서 적들이 접근하고 있어요. 이십여 명인데 십리 거리예요.]

서쪽이면 지금 이들이 있는 지점에서 왼쪽이고, 오른쪽이 북안탕산으로 접어드는 방향이다.

예상 밖으로 놈들이 벌써 여기까지 오고 있었다. 이것은 한가지 경우에만 가능한 일이다.

놈들은 솔천사의 죽음을 어떤 방법으로든지 확인할 때까지는 이 사냥을 멈추지 않을 것이다.

또한 솔천사가, 혹은 솔천사를 돕는 방조자들이 이쪽 방향으로 갔다는 사실을 확신하고 있는 것이 분명했다.

그것은 적들이 꽤 많은 인원을 동원하여 괄창산 전역을 샅샅이 뒤졌다는 얘기다.

그 결과 이쪽 방향만 남았다든지, 아니면 화운룡 일행이 남긴 어떤 흔적이라도 발견하여 추적했을 것이다.

어쨌든 현재 화운룡 일행으로서는 궁지에 몰렸으며 상황이 매우 좋지 않다는 것은 분명하다.

이윽고 화운룡이 빙긋 미소를 지었다.

"정면 돌파다."

명림과 운설은 뜻밖이라는 표정을 지었지만 잠시 후에 화운룡처럼 미소를 지었다.

"훌륭한 방법이에요."

"성동격서는 비교도 안 되는군요."

사랑하는 사람과 생사를 함께한다는 것, 그보다 아름다운 것은 없다.

그래서 정면 돌파가 훌륭한 방법인 것이다.

누런 풀들이 어른 키보다 높이 자란 초원이다.

물살을 가르지 않고서는 헤엄을 칠 수 없는 것처럼, 붙어 있는 것처럼 빽빽하게 밀생한 풀잎들 속을 달리면서 풀을 건드리지 않을 재주는 누구에게도 없다.

그런데 그런 귀신도 놀랄 재주를 화운룡이 갖고 있다.

사아아…….

바로 옆에서 귀를 기울여야지만 들을 수 있을 정도로 미세한 풀잎 소리가 흘렀다.

그 풀잎 소리를 일으키고 있는 장본인 명림과 운설, 화운룡이 일렬종대로 초원을 가로지르고 있었다.

세 사람은 자세를 낮추고 질주했다. 명림이 길을, 아니, 풀잎을 가르고 그 뒤를 솔천사를 안은 운설, 그리고 화운룡이 맨 뒤에서 달렸다.

명림이 풀잎을 가르는 광경은 매우 특이하고 또 신기했다.

전력으로 내달리고 있는 명림 전방 반 장 거리에 있는 풀잎들이 저절로 양쪽으로 갈라지고 있다.

그런데 신기하게도 풀잎들의 위쪽은 가만히 있고 아래만 좌우로 둥글게 갈라져서 하나의 풀잎들의 굴 즉, 초굴(草窟)을 만들고 있었다.

세 사람은 그 사이로 달렸기 때문에 풀을 일체 건드리지 않았고, 그래서 풀잎 소리도 발생하지 않았다.

이 수법은 조금 전에 화운룡이 명림에게 전수한 것이다.

몸에서 일정한 굵기와 크기의 무형지기를 전방으로 발출하여 풀의 중간부터 아래까지 좌우로 넓혀서 사람이 지나갈 수 있을 정도의 초굴을 만든다.

그러고는 넓혀진 초굴이 다시 닫히기 전에 명림과 운설, 화운룡까지 모두 통과해야만 한다.

초굴을 넓히고 한 명이 통과하기에도 빠듯한데 그 짧은 시간에 세 명, 그것도 솔천사까지 안고 다 통과해야 하는 것은 쉬운 일이 아니다.

초굴이 닫히고 누군가의 몸이 풀잎에 닿으면 바람이나 동물들이 흔드는 것하고는 전혀 다른 소리가 날 것이다.

그래서 만약 이 근처에 매복이 있다면, 그들은 그 소리를 귀신같이 잡아낼 것이다.

사아아…….

그렇지만 세 사람은 혼신의 노력으로 초굴이 닫히기 전에 무사히 통과하고 있었다.

하지만 몸이 닿지 않고 그저 옆을 스치기만 해도 나는 소리까지는 어쩔 수가 없다. 말하자면 스쳐 지나가는 바람에 반응한 풀잎이 내는 소리다.

운설이 화운룡을 돌아보고 나서 명림에게 전음을 보냈다.

[명림 언니, 속도를 늦춰. 주군께서 따라오지 못하셔.]

명림은 즉시 속도를 이 성 정도 줄였다.

그것 때문에 초굴이 약간 출렁거렸다. 공력을 줄이니까 전방으로 뿜어내는 무형지기도 줄어들어서 초굴이 출렁거리는 것까지는 어떻게 할 수가 없었다.

화운룡은 자신이 느려서 명림이 속도를 줄였다는 사실을 알아차렸지만 원래 속도로 가라고 채근할 수가 없었다.

공력 이백사십 년과 백오십 년의 명림과 운설이 내달리는 것을 일 갑자 공력의 화운룡이 뒤처지지 않고 바싹 따라간다는 자체가 불가능한 일이다.

지금도 숨이 턱에 차서 거친 호흡 소리가 새어나가고 있기에 자칫하면 발각될 수도 있는 상황이다.

*　　　　*　　　　*

[설아, 가만히 있어라.]

화운룡은 불끈 힘을 내서 속도를 내어 운설 뒤로 바싹 다가서며 전음을 보냈다.

이어서 그는 그녀의 몸 뒤에 찰싹 붙으면서 두 손으로 그녀의 팔을 잡았다.

[단전을 열어라.]

화운룡이 느닷없이 달라붙으면서 단전을 열라고 주문을 하더라도 무조건 단전을 여는 것이다. 화운룡의 명령에 대해서 토를 달 운설이 아니다.

쑤우우…….

'으앗!'

그런데 전혀 예상하지 않았던 일, 마치 날카로운 창으로 찌르는 것처럼 거대한 무엇인가 밀려 들어오자 운설은 깜짝 놀라서 하마터면 비명을 지를 뻔했다.

화운룡은 거기에 대해서 친절한 설명 같은 것은 한마디도 하지 않았다.

'아아…….'

운설은 밀려 들어온 그 무엇에 뒤이어서 단전이 터질 것처럼 팽팽하게 부풀며 가득 차자 일순 몽롱한 느낌에 빠졌다.

그녀는 심신이 크게 혼미해졌지만 정신을 차리려고 애썼다.

그래도 상관이 없다. 이제부터는 일체신공을 전개한 화운룡이 그녀를 조종할 테니까 말이다.

[전방에 매복이 있어요!]

앞서가고 있는 명림이 다급하게 전음을 보냈다.

[거리는 얼마고 몇 명이냐?]

[사백 장에 열다섯 명 정도예요. 공력 수위를 보니까 남투정수 같아요.]

화운룡은 생각할 것 없다는 듯 말했다.

[뚫자.]

[알았어요!]

화운룡은 운설과 일체신공을 전개해서 두 사람의 공력을 합쳐 이백사십 년이 되었다.

화운룡 육십 년, 운설 백오십 년, 그리고 두 사람의 일체신공으로 삼십 년 공력이 생성되어 도합 이백사십 년이 됐다.

운설은 체내에서 한 번도 느껴보지 못했던 거대한 해일 같은 공력이 꿈틀거리자 당장에라도 태산을 무너뜨릴 것 같은 자신감이 넘쳤다.

화운룡은 몸의 앞면을 운설의 몸 뒤와 완전히 밀착시킨 상태에서 왼팔로 그녀의 허리를 바싹 틀어 안았다.

그렇게 하자 운설의 몸이 들려서 허공에 떴다가 두 발바닥이 화운룡의 발등에 얹혀졌다.

운설은 키가 큰 편이지만 화운룡에 비할 바가 못 된다. 또한 여자라서 체구가 가녀리기 때문에 당당한 체구인 화운룡에게 폭 안긴 상태가 되었다.

운설은 온몸으로 화운룡을 느꼈다. 자신과 화운룡이 완벽하게 하나 즉, 일심동체가 됐음을 느끼고 그것으로 절정의 행복과 만족을 만끽했다.

'나는 이거면 돼!'

행복의 최고봉에 올라 있는 운설의 귀에 화운룡의 전음이 전해졌다.

[설아. 너는 사부님만 단단히 챙겨라.]

[옙!]

화운룡은 오른손으로 어깨의 무황검을 힘껏 움켜잡았다. 여기까지 오는 동안 무황검을 헝겊으로 싸서 지니고 다녔었지만 아까 초원에 진입하기 전, 싸움에 대비해서 헝겊을 풀어 어깨에 제대로 멨다.

[림아, 검강을 수평으로 전개하자. 너는 왼쪽, 내가 오른쪽을 맡는다. 검강의 길이는 최소 오 장이다.]

[알았어요.]

[매복과의 거리를 도수(到數)해라.]

세 사람이 초굴을 계속 질주하고 있을 때 명림이 빠르게 전음을 보냈다.

[운검은 우측 북북동 방향의 맨 끝에서부터 여섯 명을 맡으세요. 제가 좌측을 맡을게요. 도수합니다! 넷! 셋! 둘!]

전방의 매복은 정확하게 열다섯 명인데 화운룡이 여섯 명을 맡으면 명림이 아홉 명을 맡겠다는 것이다.

명림이 무형지기를 거두어 초굴이 사라지는 순간 명림과 화운룡은 좌우로 갈라지면서 검을 뽑았다.

슈우웃!

[하나!]

두 사람은 검을 뽑자마자 좌우로 갈라지면서 전방을 향해 수평으로 검강을 그어댔다.

드그으웅!

위에서 아래를 내려다보면 명림과 화운룡이 부챗살처럼 좌우로 갈라지면서 검을 그어대는 모습만 보였다.

검강이 가로 수평으로 폭발하듯이 발출되면서 좌우 십오 장 길이의 풀들을 가로로 길게 베었지만, 풀이 허공에 날리기 전에 검강이 전방으로 폭사되어 쏘아갔다.

전방에 매복해 있던 열다섯 명의 남투정수들은 한순간 풀잎이 미미하게 와삭거리는 소리를 듣고 일제히 도검을 뽑았다.

차차창!

그와 동시에 자신들을 향해 쇄도해 오고 있는 미지의 기운을 향해 공격을 퍼부었다.

스가가각―

카카가각!

그러나 다음 순간 전방에서 밀려오는 한 줄기 가로의 긴 띠 같은 반투명한 기운, 즉 검강이 그들이 내민 도검과 팔, 몸뚱이를 한꺼번에 잘랐다.

"큭……."

"윽……."

쥐어짜는 듯한 신음 소리가 동시에 와르르 쏟아졌다.

파아아!

그리고 그들 사이를 화운룡과 명림이 화살보다 더 빠르게 스치고 지나갔다.

화운룡과 명림이 남투정수들이 매복해 있던 곳에서 십 장이상 멀어졌을 때에야 잘린 풀잎과 남투정수의 몸뚱이가 분리되어 허공에 흩날렸다.

단 한 번의 검강에 남투정수 열다섯 명이 서둘러 황천으로 떠나갔다.

초원은 예상보다 훨씬 더 길었다.

명림은 다시 초굴을 만들어 내달렸고 그 뒤를 일체신공 상태인 화운룡과 운설이 그림자처럼 뒤따랐다.

조금 전 십오 명의 남투정수들을 죽인 이후 이렇다 할 매복은 발견되지 않았으며 공격도 받지 않았다.

그렇지만 화운룡은 방심하지 않았다. 황암현에 도착해서 운류선을 타고 출발해야지만 안심할 수 있다.

펄럭…….

그때 화운룡과 운설, 명림은 자신들의 머리 위에서 묵직한 바람 소리를 듣고 동시에 위를 올려다보았다.

"……!"

순간 운설과 명림은 움찔 가볍게 놀랐고, 화운룡은 조금 어이없는 표정을 지었다.

지상에서 십오 장 정도 높이에는 믿을 수 없게도 거대한 대붕(大鵬) 두 마리가 떠 커다란 날개를 펄럭이면서 정지 비행을 하고 있었다.

그런데 대붕 몸통 위에 사람 모습이 보였다. 다섯 명씩 도합 열 명이다.

예전에 화운룡은 영물인 저런 대붕을 여러 차례 본 적이 있었지만 설마 지금 이 상황에 이놈들이 대붕을 타고 올 줄은 예상하지 못했다.

[회천탄이다!]

화운룡은 재빨리 외치듯 전음을 보내면서 품속에서 단봉을 꺼내며 배뢰(누름단추)를 눌렀다.

철컥…….

단봉은 즉시 회천궁으로 변신했고, 화운룡은 품속에서 역시 십분지 삼 정도로 짧은 무령강전을 꺼내 배뢰를 눌러 원래의 길이로 만들었다.

그는 운설의 허리를 안고 있던 왼팔을 놓고 양손으로 회천궁에 무령강전을 먹여 머리 위에 떠 있는 대붕을 겨눴다.

[목을 정확하게 맞혀라.]

영물인 대붕의 집채만 한 크기의 몸통은 무쇠 같아서 도검이 불침이다.

그렇지만 무령강전은 무쇠를 관통하는 위력을 지녔으므로 대붕의 몸을 뚫을 것이다.

하나 그 정도로 죽거나 추락할 전설의 영물 대붕이 아니다. 죽이려면 단 하나의 급소인 목에 무령강전이 쑤셔 박혀야 할 것이다.

대붕에 타고 있는 열 명은 화운룡과 명림이 대붕을 향해 화살을 겨누는 광경을 봤지만 무시했다. 쏴봐야 장난감 수준일 것이라고 짐작하기 때문이다.

화운룡과 명림은 거의 동시에 각각 한 마리 대붕의 목을 향해 회천궁을 겨냥했다. 만약을 대비하여 두 발씩의 무령강전을 발사할 것이다.

화운룡은 운설에게서 완전히 손을 뗐지만 두 사람의 몸 앞면과 뒷면은 찰싹 붙어 있다.

일체신공이 전개된 상태이기 때문에 두 사람의 몸은 하나로 붙어 있는 상태다.

투악!

화운룡과 명림은 무령강전을 발사한 직후 결과를 확인하지도 않고 전방을 향해 전력으로 쏘아갔다.

무령강전 네 발이 빛처럼 빠르게 솟구치자마자 대붕의 목을 정확하게 꿰뚫었다.

파아아!

네 발의 무령강전은 대붕의 목을 관통하고 허공으로 치솟아 올랐다.

꾸아악!

두 마리 대붕은 고막을 찢을 듯한 괴성을 지르며 추락하면서 마구 날개를 퍼덕거렸다. 대붕 위에 타고 있던 열 명이 훌쩍 몸을 날려 곧장 지상의 화운룡 일행을 향해 쏘아갔다.

슈우우―

그들이 지상을 향해 비스듬히 쏘아가는 속도는 무척 빨랐으나 화운룡 일행을 따라잡지는 못했다.

그들이 지상 가까이 당도했을 때 화운룡 일행은 오십여 장

이상 멀어지고 있었다.

파아아—

여러 가지 색이 조합된 장포를 입은 열 명은 오십 대에서 육십 대까지 나이인데 풀잎 끝을 밟고 구름이 흐르듯 달리는, 초상비(草上飛)라는 절정의 경공을 전개하여 쏘아갔다.

쿠쿵!

그들의 뒤쪽 멀찍이 대붕 두 마리가 지축을 흔들며 묵직하게 떨어지고 나서 몇 차례 커다란 날개를 퍼덕이는 것 같더니 조용해졌다.

대붕에서 하강한 열 명은 천외신계 십존왕이다.

얼마 전 모산파에 머물던 존북사왕이 화운룡 손에 죽었으나 천외신계는 그의 죽음을 확인하는 즉시 새로운 존북사왕을 임명했다.

십존왕의 공력 수위는 백팔십 년에서 이백이십 년까지로, 화운룡과 명림의 이백사십 년 공력에는 조금 미치지 못하는 수준이다.

더구나 지금 화운룡이 전개하는 경공은 천하제일이라고 할 수 있는 무극사신공의 용신행(龍神行)이고 명림은 화운룡이 전수한 절세의 쾌풍운이라서 십존왕으로서는 도저히 따라잡을 수가 없다.

그러나 이번만큼은 운명이 화운룡 일행의 편에 서지 않았고 행운은 캄캄한 어둠 속에 숨어 있었다.

마침내 길고 길었던 초원이 끝났으나 화운룡 일행은 거기에서 멈춰야만 했다.

초원이 끝나는 곳에 바닥이 보이지 않는 까마득한 천 길 낭떠러지가 화운룡 일행을 맞이했기 때문이다.

마지막 순간에 화운룡과 명림은 초원이 끝난 줄도 모르고 쏜살같이 낭떠러지를 지나 허공으로 쏘아 나갔다가 뒤늦게 놀라서 허둥지둥 낭떠러지 끝으로 되돌아왔다.

이때도 화운룡이 최상승의 신법 비룡번신(飛龍翻身)과 허공답보(虛空踏步)를 연달아 전개하여 허공으로 십여 장 솟구쳐 올랐다가 낭떠러지로 몸을 던져 비스듬히 추락하는 기발한 수법을 발휘하지 못했더라면, 그와 운설, 솔천사까지 세 명은 고스란히 추락하고 말았을 것이다.

또한 그는 자신이 그 수법을 전개하면서 동시에 명림에게도 똑같은 방법을 전개하라고 재빨리 전음을 하여 둘 다 추락을 모면할 수 있었다.

[어쩌죠?]

명림의 초조한 목소리를 들으면서 화운룡은 낭떠러지 아래를 굽어보았다.

낭떠러지 까마득한 저 아래는 짙은 운무가 끼어 있어서 그 아래에 무엇이 있는지 알 수가 없다.

화운룡 일행은 아까 공격을 하는 과정에 이미 적들에게 노출된 상황이며 운설이 솔천사를 안고 있는 것까지도 봤을 테니, 적들은 무슨 수를 써서라도 화운룡 일행을 잡으려고, 아니, 죽이려고 할 것이다.

그렇지만 여긴 막다른 곳이다. 낭떠러지 말고는 더 이상 갈 데가 없다.

되돌아서 가든지 아니면 좌우 어디를 가더라도 적들과 싸우게 될 것은 불을 보듯이 분명하다.

화운룡은 낭떠러지 쪽 허공을 응시하면서 미간을 좁히며 궁리를 해보았다.

'어풍비행(馭風飛行)이 안 되겠나?'

지극히 흐릿한 미풍이라고 해도 한 줄기 바람이 있는 곳이라면 어디에서든지 전개할 수 있는 경공의 최고봉이 어풍비행이다.

일단 어풍비행을 전개하면 하늘로 수백 장 높이까지 솟구칠 수 있으며 바람을 타고 어디든지 홀홀 날아갈 수 있으니까 지금 상황에서 벗어날 수 있는 것은 두말하면 잔소리다.

그러나 그렇게 하려면 공력으로 몸을 티끌처럼 가볍게 만들어서 바람 위에 실어야 한다.

또한 어풍비행을 전개하려면 최소한 오 갑자 삼백 년 이상의 공력이 있어야지만 가능한 일이다.

지금처럼 이백사십 년 공력으로는 흉내조차도 내지 못한
다. 더구나 화운룡은 운설과 솔천사까지 세 명이니까 불가능
한 일이다.

화운룡은 허공에서 시선을 거두어 씁쓸한 얼굴로 초원을
쳐다보았다.

'결국 싸울 수밖에 없는 것인가?'

초원으로 들어오지 말고 북안탕산으로 갔어야 했다는 괜한
후회가 들었다. 험산이 계속 이어지고 천 리를 돌아서 가더라
도 그 편이 훨씬 나았다.

화운룡으로서는 드물게 하는 후회다.

그때 옆에 서서 초원을 뚫어지게 주시하고 있는 명림이 전
음을 보냈다.

[백 장 앞에서 적들이 몰려오고 있어요.]

그녀는 좌우를 둘러보고 나서 조금 굳은 표정으로 전음을
이었다.

[약 삼백여 명이에요.]

[그게 전부냐?]

명림은 청력을 돋우어서 다시 한번 세밀하게 감지한 후에
대답했다.

[이십 리 이내에는 삼백여 명이 전부예요.]

이십 리 이내라면 초원 전체다. 그렇다면 적은 삼백여 명이 전부라는 뜻이다. 그나마 불행 중에 다행이다.

하지만 남투정수는 녹투정수보다 세 등급 위의 고수로서 말하자면 초일류급이다.

화운룡이 치밀하게 예측한 바로는 일체신공 상태인 자신과 명림이 남투정수를 죽일 수 있는 최대치는 대략 백오십 명 선이다. 그게 한계치다.

화운룡이나 운설, 명림은 인간이기에 싸우다 보면 공력이 허비될 것이고, 초일류고수인 남투정수 백오십여 명쯤 죽이고 나면 공력이 고갈될 것이다.

그 상태에서 최소한 세 시진 정도 휴식을 취하면서 운공조식을 해야지만 원래 공력을 회복할 수 있다.

적은 삼백여 명인데 백오십 명을 죽이고 나서 남는 백오십 명은 어떻게 상대할 것인가.

그게 문제다. 그렇다고 어떻게든 되겠지 하면서 되지도 않는 기대를 한다거나 될 대로 되라는 식의 자포자기는 화운룡의 방식이 아니다.

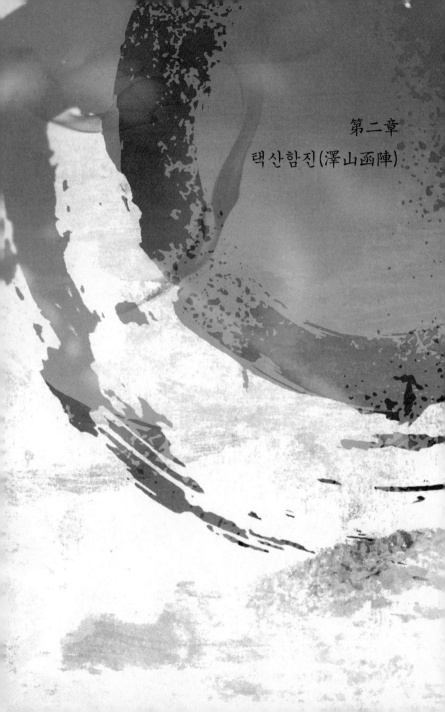

第二章

택산함진(澤山函陣)

[이렇게 하자.]

잠시 생각한 화운룡은 어떤 결정을 내렸다.

[청사호(靑沙湖) 전투를 재연하는 것이다.]

그것은 방법이라기보다는 각오 같은 것이다.

청사호 전투란 화운룡과 운설이 사십 대이고 명림이 오십 대의 나이에 마도(魔道)의 총본산인 혈마련(血魔聯)의 추격을 받다가 지금처럼 궁지에 몰려서 싸웠던 전투였다.

지금은 뒤에 낭떠러지가 있지만 그때는 등 뒤에 청사호라 는 바다처럼 거대한 호수가 있어서 더 이상 물러나지 못하는 상황에서 싸웠다.

화운룡 쪽은 오십여 명이고 혈마련의 최정예인 마련전대(魔聯戰隊)는 무려 천이백 명이었다.

뒤는 호수이기에 물러날 수 없으며 마련전대 천이백 명을 다 죽여야지만 살 수 있는 절박한 생사혈전이었다.

그때 화운룡의 공력은 삼백오십 년이고 운설이 백팔십 년, 명림이 백오십 년이었다.

그렇지만 그때의 주축은 화운룡과 무황십이신이었다. 운설은 화운룡의 호법신이라는 신분이었고 명림은 친구로서 와 있던 시절이었다.

그 당시 마련전대 마고수의 수준은 남투정수 정도의 초일류급으로서 마련의 최후의 보루였으며, 그들을 무찌르면 혈마련을 굴복시킬 수 있는 상황이었다.

결국 '훗날 청사호 전투'라고 불리게 된 그 싸움에서 화운룡 쪽이 승리를 거두었다.

마련전대는 전멸했으며 화운룡 쪽은 이십여 명만 간신히 살아남았고 화운룡과 무황십이신, 그리고 운설과 명림은 부상을 입었지만 살았다.

청사호 전투는 화운룡이 치른 다수를 상대로 한 수백 번의 전투 중에서도 손가락에 꼽을 만한 기념비적인 전투였다.

[알겠어요.]

명림이 다부진 표정을 짓자 운설도 한마디 했다.

[저는 뭘 하죠?]

화운룡은 싱긋 웃었다.

[단전이나 잘 붙들고 있어라.]

[염려 마세요. 저 지금 너무 좋거든요?]

화운룡은 운설이 어째서 좋다고 말하는 것인지 말뜻을 알아듣지 못했다.

명림이 주의를 환기시켰다.

[이십 장까지 접근했어요.]

화운룡이 무황검을 뽑았다.

[절대 내게서 반 장 이상 떨어지지 마라.]

명림은 방긋 웃었다.

[청사호 전투잖아요.]

그 당시 화운룡이 청사호 전투에서 승리할 수 있었던 가장 큰 요인은 오십여 명이 똘똘 뭉쳐서 절대로 흩어지지 않은 상태로 사력을 다했기 때문이다.

화운룡과 명림이 서로의 간격을 반 장 이상 떨어지지 않고 붙어 있는 상황이면 검을 마음대로 휘두를 수가 없다는 단점이 생긴다.

그래도 상관이 없다. 혼자 싸우면 전후좌우를 다 책임져야 하지만 두 사람이 붙어 있으면, 더구나 배후에 낭떠러지를 등지고 싸우면 전방의 적들만 상대하면 된다.

화운룡은 자신들이 서 있는 곳을 중심으로 지름 오 장의 보이지 않는 방어선을 쳤다.

그와 명림이 전방을 향해 나란히 서서, 좌우로 약간 몸을 틀고 지름 오 장 안에서만 움직인다는 뜻이다.

화운룡은 아까 두 마리 대붕 위에 타고 있던 열 명이 십존 왕일 것이라고 짐작했다.

바로 그들 십존왕이 합공해서 솔천사를 이 지경으로 만들 었을 것이다.

화운룡이 짐작하기에 지금 이 싸움에서 십존왕은 나중에 등장할 것이다.

삼백여 명의 남투정수들이 화운룡 등을 죽이면 십존왕이 나설 필요가 없게 된다.

그러나 남투정수 삼백여 명이 다 죽는 상황이 된다면 화운 룡 일행이 기진맥진할 테니까 그때 십존왕이 느긋하게 출현해 서 간단하게 제거하면 될 것이다.

그런 게 싸움과 전투의 기본 일, 이, 삼 방식이다. 그걸 잘 알고 있는 화운룡이므로 어떻게 해서든지 공력을 허비하지 않으면서 남투정수 삼백여 명을 죽여야만 한다.

그리고 그다음에 십존왕을 상대해야 할 것이다. 운명이란 자비심이 없다.

화운룡은 삼백여 명의 남투정수들과 싸우면서 또 다른 방법을 모색할 것이라는 생각도 잊지 않는다. 지금처럼 절망적인 상황에서도 화운룡은 절대로 절망하지 않는다. 그것이 그의 좋은 덕목 중에 하나다.

스사사사… 삭!

그때 전방의 풀들이 흔들리면서 남투정수들이 마침내 모습을 드러냈다.

자신들이 남성족이라는 사실을 나타내기라도 하려는 듯 하나같이 삼의 단삼을 입은 모습이다.

파도처럼 밀려오는 남투정수들을 응시하는 화운룡의 눈이 좁아지며 입가에 흐릿한 미소가 떠올랐다.

[림아, 한바탕 즐겨보자.]

명림은 배시시 미소 지었다.

[살살 하세요.]

싸움에 돌입하면 지금까지의 상황은 깡그리 망각하고 철저하게 즐긴다는 것이 화운룡의 신념 중에 하나다.

미래에 육십사 년 동안 수만 번의 싸움을 치르면서 그가 깨달은 가장 중요한 한 가지가 있다면 즐기면서 싸워야 한다는 사실이다.

절망적인 상황에 처해서 절망적인 심정으로 싸운다면 절대로 좋은 결과가 나오지 않는다.

그러므로 전후의 사정이야 어찌 됐든 앞뒤를 뚝 잘라내고 무조건 즐기는 것이다.

사람이 사는 세상의 모든 일들은 마음에서 일어나고 마음에서 끝난다.

그러므로 마음이 먼저 즐기고 승리한다면 좋은 결과를 이끌어낼 수 있을 것이다.

다수의 무리가 언제나 그렇듯이 남투정수들도 자신들의 수적인 우위를 믿고 파도처럼 밀려왔다.

그러나 얼핏 보면 마구잡이로 몰려오는 것 같지만 조금만 자세히 보면 그들이 각자 맡은 방위를 철저히 지키고 있다는 사실을 알 수 있다. 오합지졸이 아니라는 뜻이다.

쏴아아아!

그런데 그들 중에 창을 쥐고 있는 자들이 보였다. 남투정수들의 주된 무기는 도검인데 간혹 검을 쥔 자들이 왼손에 창을 잡고 있다.

검과 창은 둘 다 찌르는 무기다. 검으로 벨 수도 있으나 찌르기가 팔(八)이고 베기가 이(二)다. 검이 길고 가벼운 이유는 찌르기 수월하라는 것이다.

한 사람이 검과 창을 동시에 사용하는 것은 매우 어려운 일이지만 능숙하게 숙달시키면 환상적인 조합이다.

그걸 보면서 화운룡은 문득 좋은 생각이 떠올랐다.

[림아, 쇄편탄류(碎片彈流).]

명림은 삼 장 앞에서 쇄도하고 있는 남투정수들을 보면서 눈을 빛내며 외쳤다.

[기발해요!]

'쇄편'은 강기를 사용하여 도검을 잘게 부순 파편을 말하고 '탄류'는 쇄편들을 물결처럼 퍼뜨려서 사방으로 쏘아내는 것을 말한다.

그러니까 공격해 오는 적들의 도검을 검강으로 깨뜨려서 잘게 부숴 쇄편을 만들어 그것을 적들에게 쏘아내는 것이다.

쇄편탄류는 미래에 화운룡이 개발, 창안한 것으로써 결코 아무나 시전할 수가 없다.

적이 휘둘러 오는 도검의 어느 부분을 어느 각도에서 얼마 정도 공력을 주입하여 가격해야지만 몇 개의 쇄편이 만들어진다는 것을 예상하고, 그것을 주위의 적들 급소로 정확하게 쏘아낼 수 있어야 하는 것이다.

무작정 그냥 힘만 잔뜩 줘서 적의 도검을 깨뜨려 흩뿌리기만 한다면, 재수 없는 적은 거기에 맞을 것이고 운 좋으면 맞지 않을 수도 있다.

그렇게 '아무나 맞으라'는 식으로 해서는 싸움을 승리로 이끌 수가 없다.

마침 맨 처음 밀려오는 남투정수의 수가 삼십여 명에 달하고 제일선에서 도검이 맹렬하게 휘둘러 오고 있다.

쐐애애액!

삼십여 자루 도검이 허공을 가르는 파공음이 귀청을 찢을 것처럼 날카롭다.

더구나 남투정수들은 다수의 힘만 믿고 무작정 도검을 휘두르는 것이 아니라 화운룡으로서도 처음 보는 매우 고단수의 초식을 전개하고 있다.

더구나 도검에는 그들의 공력이 가득 주입되어 있는 상태이며 각자의 방위를 철저히 지키고 있다.

순간 화운룡과 명림의 눈이 날카롭게 빛나는 것과 동시에 수중의 검이 허공을 갈랐다.

기유움!

위력적인 강기가 가득 실린 두 자루 검에서는 묵직하면서도 날카로운 검명이 흘렀다.

쩌껑—

거의 동시에 화운룡과 명림의 검이 자신들에게서 가장 가깝게 쇄도한 남투정수의 도검을 때렸다.

째애앵—!

순간 무황검이 부딪친 도와 명림의 검에 부딪친 검이 얼음이 깨지듯 박살 나면서 각각 십여 개 이상의 조각 즉, 쇄편으로 쪼개져서 부챗살처럼 좌우로 비산했다.

파파파파아앗!

"크윽……!"

"캑!"

"끅……."

쇄편들이 몸에 틀어박히는 음향과 답답한 신음 소리가 사방에서 터져 나오며 쇄편에 적중된 적들이 탄류의 충격에 뒤로 붕 날아갔다.

믿어지지 않는 일이 벌어졌다. 최초에 공격해 가던 삼십여 명의 남투정수 중에서 무려 이십여 명이 한꺼번에 가랑잎처럼 훌훌 날아가는 것을 보고, 십여 명밖에 남지 않은 자들은 놀라서 주춤거렸다.

그 상황을 놓치지 않고 화운룡과 명림이 득달같이 덮쳐들며 재차 검을 떨쳤다.

고유우움!

쩌꺼껑!

화운룡과 명림의 검이 또다시 두 번째로 적의 두 자루 검을 때려서 수십 조각의 쇄편들을 날려 이번에는 남아 있는 십여 명뿐만이 아니라 뒤쪽에서 쇄도하던 제이선의 적 십여 명까지 거꾸러뜨렸다.

"큭……."

"컥!"

느닷없이 벌어진 상황에 파도처럼 쇄도하던 제이선의 적들이 주춤했다.

제아무리 훈련이 잘됐더라도 정신보다 본능이 먼저 반응하는 것은 어쩔 수가 없다.

[전방으로 오 장 질주한다!]

화운룡이 짧게 외치면서 득달같이 전진하자 명림이 그림자처럼 뒤따랐다.

마침 방금 죽어간 남투정수들이 허우적거리면서 허공에 내던진 도검 몇 자루가 쇄도하는 화운룡과 명림의 앞에서 빙그르 회전하고 있다.

[림아! 이번에는 강기로 쇄편탄류다!]

화운룡과 명림은 각자 한 자루씩의 도와 검을 향해 왼손으로 강기를 발출했다.

후우웅!

쩡!

강기가 도검을 적중시켜서 수십 개의 잘디잔 쇄편들을 만들었으며 그것들이 부챗살처럼 무섭게 쏟아져 나갔다.

그것들은 워낙 작고 많은 탓에 적들을 일일이 겨냥하기가 어려워서 그냥 적들이 있는 방향으로 날려 보냈다.

파파파아앗!

작은 것은 하루살이 크기이며 큰 것이라고 해도 손가락 크기를 넘지 않는 쇄편들이 휩쓸고 지나간 곳에는 적들의 행동이 뚝 정지했다.

워낙 작은 쇄편에 관통당한 적들은 벌레에 물린 것처럼 따끔한 것을 느꼈을 뿐이다.

그러다가 앞다투어 우르르 쓰러졌다.

눈 깜짝할 사이에 남투정수 제일선과 제이선이 와해됐다.

제삼선의 적들은 아주 촌각 정도 주춤했으나 짓쳐오던 여세를 빌어 화운룡과 명림에게 공격을 퍼부었다.

[검강으로 공격하면서 원래 위치로 복귀하자!]

지금처럼 고조된 기세로 지체 없이 밀고 들어가서 제삼선까지 무너뜨리고, 아예 적진 한복판으로 파고들어 쇄편탄류를 계속 전개한다면 적들은 괴멸하고 말 것 같은 분위기인데도 화운룡은 후퇴를 명령했다.

[알았어요!]

명림은 대답과 함께 위력적인 비룡운검 검강을 발휘하여 노를 젓듯이 전방에서 밀려드는 제삼선의 남투정수들을 향해 그어댔다.

기요오옴!

화운룡과 명림의 검에서는 무려 일 장 길이의 검강이 뿜어져서 일 장 반경 내에 들어와 있는 남투정수 대여섯 명의 목이며 몸통을 가차 없이 잘라 버렸다.

"끄윽!"

"캑!"

그리고 화운룡과 명림은 어느새 낭떠러지를 등진 원래의 위치로 돌아갔다.

그와 동시에 좌우 풀숲에서 사십여 명의 남투정수들이 쏟아져 나오며 공격을 퍼부었다.

미처 검강을 전개할 겨를이 없는 화운룡과 명림은 번개같이 검을 휘두르며 맞서 싸웠다.

서걱… 사악… 팍……

화운룡과 명림의 검은 남투정수들의 도검과 한 차례도 부딪치지 않고 그들의 급소만을 정확하게 찌르고 베었다.

"크으……."

"허윽……."

화운룡과 명림에게 공격을 당한 적들은 찢어지는 비명을 지르지 않았다.

처절한 비명이란 고통이 극에 달해야지만 지르는 법인데 화운룡과 명림은 급소를 정확하게 죽을 정도로만 찌르고 베기 때문에 적들에게 그저 한 대 툭 때리는 정도의 작은 아픔만 줄 뿐이다.

만약 화운룡이 제삼선을 공격한 후에 욕심을 부려서 후퇴하지 않고 계속 공격했더라면 배후의 낭떠러지를 적들에게 뺏

기고 말았을 것이다.

방금 전 좌우의 풀숲에서 튀어나온 적들이 바로 낭떠러지 자리를 뺏으려고 했기 때문이다.

거길 뺏기면 화운룡과 명림은 포위되고 만다. 전방 반원에 적들을 두고 있는 것과 원형 전체에 적들을 두고 있는 것은 큰 차이가 있다.

두 배의 공격을 받으면서 두 배의 적들을 상대해야 한다는 사실이다.

파아앗!

그 순간 전방과 좌우 세 방향의 남투정수 오십여 명이 허공으로 솟구쳤다.

그리고 또 다른 남투정수 백여 명이 지상에서 반원을 형성한 채 쇄도해 왔다.

이른바 총공세다.

화운룡과 명림은 감히 방심하지 못했다. 가랑비에도 옷이 젖는 법이고 소인배의 칼질 한 번에도 공자와 맹자가 죽을 수 있는 것이다.

말 그대로 칼에는 눈과 정이 없다.

그런데 예상하지 못했던 적의 공격이 시작됐다. 하늘로 솟구친 자들과 지상에서 돌진해 오는 자들 중에 삼십여 명이 갑자기 화운룡 등을 향해서 검은색의 줄을 던졌다.

쉬리릿! 쉬이잇!

그런데 검은색 줄 흑승(黑繩)은 화운룡과 명림에게 직접 쏘아오는 것이 아니라 그들에게서 일 장 이상 떨어진 좌우를 스쳐서 지나갔다.

그러니까 삼십여 가닥의 흑승들은 화운룡 등을 공격하는 무기가 아니라는 것이다.

순간 화운룡의 뇌리를 스치는 어떤 생각이 있었다.

'투승흑옥(投繩黑獄)이다!'

*   *   *

유각서주(有脚書廚), 다리가 있는 서재라고 불릴 정도인 화운룡은 무림에서 횡행하고 있는 수천 가지 수법 중에서 투승흑옥에 대해서도 잘 알고 있다.

투승흑옥은 표적으로 삼은 적의 사방과 머리 위 주변으로 엄밀하고 빽빽하게 밧줄을 던져서 일정한 크기의 사각 혹은 팔각, 십육각 줄의 그물망을 만들어서 표적을 그 안에 가두는 것이다.

즉, 투승을 하여 흑옥을 만드는 것이다.

바닥을 제외한 사방과 허공까지도 줄로 촘촘하게 둘러싸기 때문에 빠져나가지 못한다. 탈출할 수 있는 방법은 줄을 자르는 것뿐이다.

그렇게 투승흑옥 안에 표적을 가둔 후에 도검이나 긴 창으로 찔러서 죽이는 방식이며 무림에서는 정당하지 못한 방문좌도의 수법이라서 금기시하고 있다.

투승흑옥은 사파의 실전된 고전 수법 중에 하나인데 그것을 천외신계가 사용할 줄은 예상하지 못했다.

일반적인 투승흑옥은 매우 튼튼한 줄을 사용하기 때문에 도검으로 여러 번 힘껏 쳐야 겨우 끊어지지만 남투정수가 사용하는 흑승이라면 그런 평범한 줄이 아닐 터라서 쉽사리 끊을 수 없을 것이다.

화운룡이 얼핏 눈으로 봐선 흑승의 재질이 무엇인지 모르겠지만 무황검으로 끊지 못할 리가 없다.

피이잉! 핑!

남투정수들은 흑승을 던져서 반대편에서 잡아 팽팽하게 당겨서 순식간에 투승흑옥을 형성했다.

물론 낭떠러지 쪽은 비워둔 반원 형태의 투승흑옥이다.

남투정수들이 투승흑옥으로 가두고 도검과 창으로 맹공을 퍼부어서 화운룡 등이 그걸 피하려고 하면 낭떠러지로 몰아서 추락시킨다는 것도 방법의 하나인 듯했다.

어쨌든 투승흑옥 안에 갇히면 곤란하다. 그러나 화운룡의 자각이 늦었는지 남투정수들의 행동이 빨랐는지 이미 투승흑옥이 완성되어 화운룡 등을 지름 일 장 안의 공간에 엄밀하게 가두어 버렸다.

게다가 남투정수들의 공격이 이미 시작됐다. 촘촘한 흑승 사이로 수십 자루의 창이 화운룡 일행을 겨누고 맹렬하게 찔러왔다.

슈슈슉! 슈우웃!

추호의 흐트러짐도 없는 일사불란한 움직임이라서 이들이 투승흑옥을 철저히 훈련했다는 것을 알 수 있다.

이거야말로 그물 안에 갇힌 물고기 신세라서 피할 곳이라곤 낭떠러지 방향뿐이다.

화운룡이 투승흑옥에 대해서 간파했으면서도 반응이 늦었던 것이 실책이다.

남투정수들이 흑승을 던지는 순간 투승흑옥이라는 사실을 알아챘어야 하는데 한 걸음 늦게 알아차린 대가가 혹독하다. 아니, 남투정수들의 행동이 지나치게 빨랐다.

화운룡은 재빨리 주위를 둘러보았다. 투승흑옥에 갇혔다고 해서 가만히 앉아서 당할 그가 아니다.

급한 대로 호신막을 쳐서 창들을 막아내는 방법이 있기는 하지만 궁여지책일 뿐이다.

너무 촘촘하게 찔러오고 있는 터라서 수십 자루 창들을 피할 수는 없다.

찔러오는 창을 자르면서 흑승으로 접근하여 끊는 방법이 있기는 하지만 두 가지 행동을 동시에 행해야 하므로 이것 역시 하책이다.

더구나 둘 다 방어다. 반격을 하지 못하는 방어는 적들에게 또 다른 이차 공격의 빌미를 제공한다. 그렇게 되면 지금보다 더 곤란한 지경에 빠질 것이다.

싸움에서 적이 원하는 대로 해주는 것은 패배의 지름길이므로 어떻게 하든지 역행해야만 한다.

눈 한 번 깜빡거릴 시간을 열로 쪼갠 촌음지간에 화운룡은 투승흑옥의 상태를 파악했다.

[림아! 낭떠러지로 뛰어라!]

전음과 함께 그와 명림이 동시에 낭떠러지로 몸을 날렸다.

슈웃!

머리카락 몇 올의 차이로 방금 전 그들이 있던 자리에 삼십여 자루 창과 수십 자루 도검들이 마구잡이로 쑤셔졌다.

파파파팟!

그러나 그때쯤 화운룡과 명림은 아까 초원이 끝난 줄 모르고 질주하다가 실수해서 추락할 뻔했을 때처럼 낭떠러지 위 허공에서 비룡번신과 허공답보를 연이어서 전개하여 삼 장 정도 상승했다.

이어서 몸을 던지듯이 투승흑옥 바깥의 위쪽으로 비스듬

히 하강했다.

휘이익!

남투정수들의 손에 의해서 전개된 투승흑옥이 비록 막강했지만 화운룡 등은 간단하게 빠져나왔다.

투승흑옥의 높이는 일 장 정도였으며 화운룡과 명림은 그 위를 쏜살같이 날아 넘어 남투정수들에게 내리꽂히며 검강을 뿜어냈다.

기우우움!

낭떠러지 반대편에서 흑승을 잡고 있거나 창과 도검으로 투승흑옥 안을 찌르고 있던 남투정수들은 자신들을 향해 내리꽂히는 화운룡과 명림을 발견하고 움찔했다.

파파아앗!

"크억!"

"와익!"

남투정수들이 한 손에는 흑승을 잡고 다른 손으로는 창과 도검으로 투승흑옥 안을 찌르고 있느라 미처 대처하지 못하는 사이에, 두 줄기 위력적인 검강이 휘몰아쳐서 한꺼번에 십여 명을 와르르 쓰러뜨렸다.

흑승을 잡고 있던 십여 명이 쓰러졌으므로 투승흑옥이 무너지는 것은 당연하다.

[검기로 한바탕 휘젓자!]

화운룡은 위에서 아래로 남투정수들 한복판에 뚝 떨어져 내리면서 공력 소모가 많은 검강 대신 검기로 대체하여 청룡전광검을 전개하고 명림은 아미파의 절학 범창검법(梵蒼劍法)을 전개했다.

스파아아앗! 촤아아앗!

멀리에서 싸우든 가까이에서 근접전을 펼치든 어떤 형태이든 간에 하수는 절대로 고수의 상대가 되지 못한다.

그래서 하수가 취할 수 있는 몇 안 되는 방법 중에서 가장 잘 먹히는 것이 지금 남투정수들이 사용하고 있는 인해전술 즉, 다수로서 소수의 고수를 협공하여 압박하는 것이다.

다수가 공격할 경우의 장점은 상대를 지치게 만드는 것과 정신을 못 차리게 해서 급습하는 것 두 가지다.

어이없는 하책처럼 보이지만 기실 매우 효과적인 방법이기도 하다.

제아무리 절정고수라고 해도 줄행랑을 치지 않고 계속 싸운다면 결국 이 두 가지 때문에 무너지고 만다.

문제는 과연 어느 쪽이 끝까지 살아남느냐는 것이다. 절정고수의 공력이 먼저 고갈되느냐 아니면 다수가 먼저 소멸하느냐는 것이다.

화운룡과 명림은 낭떠러지를 등지고 싸우는 청사호 전투 방식을 버리고 이제부터는 근접전을 벌이기 시작했다.

또한 공력을 아끼려고 검강이나 검기는 전개하지 않고 진검으로만 싸웠다.

그래도 화운룡과 명림의 빠른 검초식은 여전히 적의 무기와 부딪치는 일이 없다.

공력이 잔뜩 주입된 무기끼리 부딪치는 것만큼 공력 소모가 큰 것도 없다.

그래서 고수일수록 자신의 무기가 적의 무기와 부딪치는 것을 삼간다.

삭… 서걱… 퍽…….

"크윽!"

"끄으……."

화운룡과 명림의 검은 적들이 휘두르는 무기 사이를 교묘하게 파고들어 정확하게 급소만을 찌르고 베었다.

적들은 화운룡과 명림의 검을 절대로 막지도 피하지도 못하고 속수무책 당할 수밖에 없다. 그들이 상대하기에는 화운룡과 명림이 너무 고강했다.

현재 두 사람은 똑같은 공력이지만 특히 화운룡의 솜씨는 명림과 비교가 되지 않았다.

명림은 싸우느라 화운룡의 검식을 보지 못하지만 화운룡 앞에 등을 대고 붙어 있는 운설은 눈도 깜빡이지 않으면서 그의 검초식을 최대한 자세히 관찰하려고 정신을 집중하고 있다.

키이잉—

운설이 보기에 화운룡의 검초식은, 아니, 이것은 일정한 검초식이 아니라 실전에서 터득한 그만의 실전검법이다.

그의 실전검법은 깔끔함을 넘어서 지독히도 간명했다. 동작이 크지 않으며 적의 급소와 가장 가까운 거리를 산출하여 추호의 힘도 들이지 않고 너울너울 춤을 추듯이 간단하게 폭! 찌르고 삭! 자른다.

예를 들어 미간이나 목, 심장을 검첨으로 살짝 찌르거나 베는 것만으로 적은 거의 고통을 느끼지 않은 상태에서 죽음에 이르게 된다.

그것은 화운룡의 방식이다. 상대를 죽여야만 한다면 최대한 고통을 느끼지 못하도록 하는, 그가 베풀 수 있는 일종의 자비라고 할 수 있다.

적이 어떤 이유로 천외신계의 고수가 되어 이 시점에 화운룡과 싸우게 됐든지 간에 생명이란 고귀한 것이다.

그 생명을 갖고 장난을 치거나 흥정을 하거나 신이 허락한 범위 이외의 고통을 주는 것은 잘못된 일이다.

운설은 자신이 두 팔로 솔천사를 안고 있다는 사실마저 망각한 채 화운룡의 솜씨에 넋을 잃은 표정이다. 그를 너무도 잘 알고 있는 운설이지만 그의 솜씨를 볼 때마다 음악을 연주하는 악공이나 풍경화를 멋들어지게 그리는 화공의 그것을 느끼기 때문이다.

근접전에서는 눈이 빠른 사람이 유리하다. 더구나 동작까지 빠르면 더욱 유리하다.

화운룡은 한 번 슬쩍 보는 것만으로 적의 허점을 정확하게 찾아냈으며 그때는 이미 무황검이 그 허점을 찌르거나 베고 있는 중이다.

또한 그는 구태여 눈으로 보지 않아도 적이 현재 취하고 있는 동작의 다음 동작을 미리 예측하여 공격을 하는데 한 치의 오차도 없다.

남투정수의 수준은 비룡검대 검사보다 반수 정도 고강하지만 그렇다고 화운룡과 명림의 적수가 되지는 못했다.

다만 그들의 수가 워낙 많아서 싸우다가 공력이 고갈될 것이라는 점이 이 싸움의 맹점이다.

화운룡과 명림은 남투정수를 거의 이백 명 가까이 죽였으며 아직도 근접전으로 치열하게 싸우고 있다.

남투정수들은 공격의 형태를 바꿔서 포위지세를 이루어 화운룡 등을 안에 가두고 차륜전처럼 빙글빙글 돌며 절반은 공격을 하고 절반은 쉬었다.

그렇다고 해도 화운룡과 명림의 검을 피하지는 못했다. 다만 남투정수들이 죽는 빈도가 조금 뜸해졌을 뿐이다.

현재 화운룡과 명림은 공력이 절반 정도 소모된 상태라서 움직임이 처음보다 많이 둔해졌다.

아무리 공력을 아낀다고 해도 전투를 하다 보면 공력이 소모될 수밖에 없다.

그렇지만 남아 있는 백여 명의 남투정수들은 쌩쌩했다. 남투정수들은 순서대로 차례차례 싸움에 투입되었기 때문에 후반에 투입된 백여 명이 팔팔한 것은 당연한 일이다.

주위에는 죽은 이백여 명의 남투정수 시체들이 즐비하게 널려 있어서 싸우다 보면 발에 밟히는 일이 다반사다.

화운룡은 자신의 몸 앞에 아교로 붙여놓은 것처럼 밀착된 상태인 운설과 솔천사가 다치는 것을 신경 써야 하기 때문에 싸우는 것이 배로 어려웠다.

더구나 이제는 공력의 절반이 소모됐기 때문에 운설과 솔천사를 보호하는 일이 한층 힘들어졌다.

이런 상황이 되자 운설은 더 이상 화운룡의 검법을 느긋하게 구경하지 못하고 자신과 솔천사에게 가해지는 공격에 온 신경을 곤두세웠다.

명림은 화운룡에 대한 염려 때문에 연신 힐끗거리면서 쳐다보느라 이따금 위험한 상황에 처하기도 했다.

그럴 수밖에 없는 것이 현재 화운룡은 적을 죽이는 것보다 솔천사와 운설을 보호하느라 적들의 공격을 피하는 일에 더 많은 시간을 보내고 있다.

'이래서는 안 된다. 뭔가 다른 방법을 강구해야 한다.'

쉬이익!

한꺼번에 네 자루 도검이 그를 향해 각기 다른 방향에서 위맹하게 쏘아오고 있다.

화운룡은 그중에 두 명을 죽일 수 있지만 그렇게 하면 운설과 솔천사가 위험하기에 피할 수밖에 없다.

창!

그때 운설이 왼팔로 솔천사의 허리를 안고 오른손으로 자신의 검을 뽑는 것과 동시에 적을 공격했다.

차차창!

그녀는 자신에게 쏘아오는 두 자루 도를 막고 그중 한 명을 죽이려고 했으나 기회를 놓쳤다. 혈영객인 그녀로서는 평소 같으면 있을 수 없는 일이다.

이백사십 년 공력 중에 절반이 소모되었는데 그것을 화운룡과 나누어 쓰고 있기에 검을 쥔 손이 마음먹은 대로 따라주지 않는 것이다.

화운룡은 재빨리 검을 휘둘러 주위의 풀을 잘라서 허공에 솟구치게 하여 왼손으로 한 움큼 거머쥐었다.

[택산함진(澤山函陣)을 펼치겠다. 명림은 즉시 태(兌)의 위치로 물러나라.]

명림이 재빨리 보법을 밟아 태의 위치로 물러나는 것과 동시에, 화운룡은 괴이한 보법을 밟으면서 자신이 서 있는 곳을 중심으로 갈지자로 한 바퀴 회전하며 공력을 왼손에 모아 쥐고 있던 한 움큼의 풀을 흩뿌렸다.

파파파팟—

그 순간 스물두 개의 풀이 제각각 다른 위치로 날아가서 땅에 꽂혔다.

그와 동시에 남투정수 이십여 명이 화운룡 등을 향해 맹렬하게 공격을 퍼부었다.

쐐애애액!

적들이 휘두르는 도검의 파공성이 귀청을 찢을 듯했다.

화운룡은 진을 펼치느라 방금 풀을 흩뿌린 직후이고 명림은 뒤로 물러서고 있는 중이라 적의 집중공격에 거의 무방비 상태가 되었다.

사아아아…….

그런데 그 순간, 소나기처럼 쏟아지던 십오륙 명의 남투정수들의 도검이 시야에서 씻은 듯이 사라졌다.

운설과 명림은 주위를 두리번거렸으나 어디에도 남투정수의 모습은 보이지 않았다.

택산함진이라는 소진(小陣)이 펼쳐졌기 때문이다. 이 진은 함진, 즉 상자 함(函)처럼 일정한 범위를 바깥과 완전히 차단시켜 버리는 것이다.

화운룡은 운설과 일체신공을 풀고 바닥에 가부좌로 앉았다.

[모두 운공조식해라.]

명림은 즉시 바닥에 앉았고 운설은 솔천사를 바닥에 내려놓은 후에 운공조식에 들어갔다.

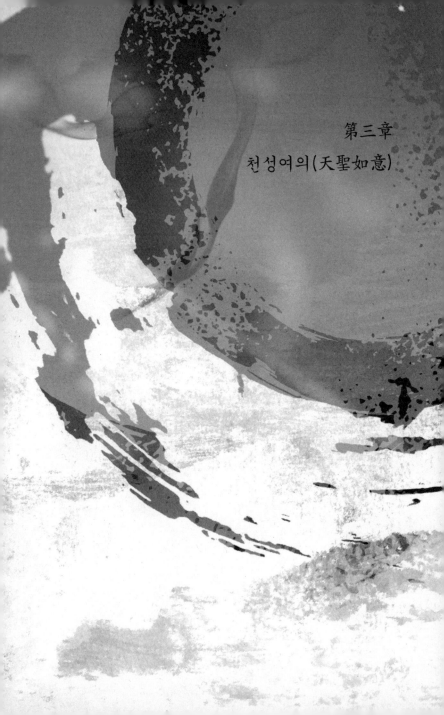

第三章

천성여의(天聖如意)

깜짝 놀란 남투정수들이 눈을 부릅뜨고 주위를 샅샅이 살펴보았지만 어디에서도 화운룡 일행을 찾아내지 못했다.

방금 전까지만 해도 치열하게 싸우던 남투정수들은 검을 늘어뜨리고, 귀신에 홀린 것 같은 어리둥절한 표정으로 주위를 두리번거렸다.

만약 주위 여기저기에 널려 있는 동료의 시체들이 없었다면 방금 전까지 이곳에서 치열한 싸움이 벌어졌다는 사실을 믿기 어려울 것이다.

이곳에 있는 남투정수들의 지휘자인 남투정령수(藍鬪精令

首)는 최종적으로 화운룡 일행이 감쪽같이 사라졌다는 판단
을 내리고 근처에 있는 십존왕에게 보고를 했다.

"샅샅이 수색했지만 어디에도 없습니다."

십존왕은 멀지 않은 곳에서 모든 상황을 지켜봤으므로 애
꿎은 남투정령수를 닦달하지 않았다.

십존왕은 초원에 둥글게 둘러서서 조금 전까지 치열한 싸
움이 벌어졌던 곳을 응시했다.

삼백 명의 남투정수들을 다 희생시켜서라도 솔천사를 구한
방조자들의 공력을 최대한 소모시킨 후에 십존왕 자신들이
나서려고 했던 계획은 보기 좋게 빗나갔다.

십존왕의 우두머리인 일존왕(一尊王)이 모두를 둘러보면서
물었다.

"어떻게 된 것인지 알겠소?"

존동일왕(尊東一王)이라고도 불리는 일존왕은 모두들 아무
말도 하지 않는 것을 보고 씁쓸한 표정을 지었다.

일존왕 자신이 생각해도 알 수 없는 일을 다른 구존왕들이
라고 어찌 알겠는가.

현재 일존왕뿐만 아니라 십존왕 모두 극심한 피로감을 느
끼고 있다.

원래 솔천사를 협공하는 과정에 십존왕 모두 크고 작은 부
상을 입었다.

그들이 입고 있는 옷이 많이 찢어졌으며 피에 물들어 있는 것을 보면 큰 싸움을 치렀다는 사실을 짐작할 수 있다.

그러고도 제때 휴식을 취하거나 치료를 제대로 하지 못한 상태에서 이곳까지 줄곧 추격을 해온 것이니 피로가 켜켜이 누적되어 금방이라도 쓰러질 지경이다.

십존왕들은 이쯤에서 모든 것을 종결하고 상처를 치료하면서 푹 쉬고 싶은 심정이다.

그런 것을 모를 리 없는 일존왕이지만 현재로썬 절대로 그럴 수 없는 상황이다.

솔천사 한 명뿐이라고 해도 반드시 그의 죽음을 확인해야만 하는 상황인데, 느닷없이 솔천사를 구한 자들이 나타났으므로 일이 더욱 커져 버렸다.

솔천사를 구한 방조자가 정확하게 누구인지는 알 수 없지만 사신천가 중 한 가문의 고수일 가능성이 크다고 십존왕들은 짐작했다.

사신천가는 천중인계를 구성하는 네 가문으로서 사신천제인 솔천사의 가신(家臣)들이기 때문에 그들이 솔천사를 구한 것은 전혀 이상한 일이 아니다.

십존왕의 임무는 솔천사를 죽이는 것이다. 무극선인의 직계 전인이며 천중인계의 지존인 솔천사가 죽으면 사신천가는 쓸모없는 껍데기 집단일 뿐이다.

왜냐하면 사신천가가 제아무리 막강한 집단이라고 해도 천중인계의 지존인 사신천제의 명령 없이는 절대 단독으로 행동하지 못하기 때문이다.

일존왕이 구존왕들을 둘러보며 의견을 물었다.

"내 생각은 솔천사를 구한 자들이 사신천가의 고수인 것 같은데 당신들 생각은 어떻소?"

구존왕들은 고개를 끄떡였고 그중 한 명이 피로한 기색으로 중얼거렸다.

"내 생각에는 그들이 진을 펼친 것 같소."

일존왕은 가볍게 놀라더니 곧 고개를 끄떡였다.

"그랬었군."

일존왕은 구존왕들을 둘러보다가 방금 진을 펼친 것 같다고 말한 사람에게 시선을 주었다.

"존북이왕이 보기에는 어떤 것 같소?"

십존왕 중에서 존북이왕이 진에 대해서는 가장 해박한 지식을 지니고 있는 진의 대가다.

"무슨 진인지 알 수 없지만 그들이 스스로 나타나지 않는한 우리가 진을 파훼할 방법은 없을 것 같소."

그런 그도 화운룡이 펼친 택산함진은 알아보지 못했다.

그럴 수밖에 없다. 택산함진이라는 진이 원래 존재했던 것이 아니라 조금 전에 화운룡이 현재 상황에 가장 적절한 진을

즉흥적으로 만들어냈으므로 진의 대가라고 하는 존북이왕이
알아낼 수 없는 것이다.

"음……."

일존왕은 얼굴을 찌푸렸다.

그 자신은 가벼운 상처를 몇 군데 입었지만 구존왕들 중에
서는 중상을 입은 몸으로 솔천사를 추격하기 위해서 지금까
지 무리하게 강행군을 한 존왕이 몇 명 있으며, 그들은 당장
치료와 휴식을 취하지 않으면 위험한 상태다.

그렇다고 이 상황에서 상황을 종료하고 떠날 수는 없다.

"방법이 전혀 없겠소?"

어떻게 하든지 끝장을 내야 하기에 일존왕은 굳은 얼굴로
존북이왕에게 물었다.

"한 가지 방법이 있기는 한데……."

존북이왕이 애매하게 말끝을 흐렸다.

일존왕은 물론 모든 존왕들이 기대하는 표정으로 존북이
왕을 쳐다보았다.

"불태워 버리는 것이오."

일존왕은 화운룡 일행이 감쪽같이 사라진 곳을 가리켰다.

"저길 말이오?"

"저기만 태우면 진을 다른 곳으로 옮길 것이기 때문에 초원
전체를 태워 버리는 것이 좋소."

일존왕 입가에 미소가 피어났다.

"매우 좋은 방법이오."

일존왕은 초원 전체를 불태우는 것이 기발한 방법이라고 생각했다.

불은 모든 것을 태워 버린다. 제아무리 오묘한 진이라고 해도 태워 버리면 끝장이다.

그러나 존북이왕의 얼굴은 씁쓸함이 가득 떠올랐다. 자칭 진의 대가라는 그가 머리를 써서 진의 파훼법을 궁리하지 못하고 불을 질러서 태우는 최하책을 사용하는 것이 자존심을 크게 다치게 했다.

그것은 마치 바둑에서 상대가 묘수를 전개했는데 그걸 파훼하지 못하고 끝내 바둑판을 엎어버리는 것이나 다름이 없는 일이기 때문이다.

존북이왕은 시간을 충분히 갖고 궁리를 하면 진을 파훼할 수 있을 것 같지만 지금은 그럴 여유가 없다.

그는 개인적으로 진을 펼친 사람이 누군지 몹시 궁금했다.

화르릉!

초원의 끝자락에 거센 불길이 피어났다.

바람이 북서쪽에서 불어오고 있기에 불길은 낭떠러지에서 숲 쪽으로 빠르게 번지면서 타올랐다.

십존왕과 백여 명의 남투정수들은 싸움이 벌어졌던 곳을 중심으로 반원을 형성한 채 지켜보았다.

불길에 진이 깨져서 솔천사를 구한 방조자들이 튀어나오면 공격하기 위해서다.

하지만 남쪽에 서 있는 그들은 불길이 자신들을 향해 거세게 몰아쳐 오자 뒤로 물러날 수밖에 없게 되었다.

이것은 뛰어넘을 수 있는 정도의 불길이 아니다. 설혹 십여 장 높이로 거세게 타오르는 불길을 뛰어넘는다고 해도 그 너머가 온통 불바다이기 때문에 마땅히 어디에 머물러야 할지 난감한 상황이다.

십존왕들은 점점 뒤로 물러나면서 포위망을 더 크게 만든 후 혹시 솔천사를 구한 방조자들이 튀어나오는지 눈에 불을 켜고 살펴보았다.

그들은 계속 물러나면서도 불길을 뛰어넘을 수 있을지 없을지를 수시로 가늠해 보았다.

솔천사와 방조자들을 불길에만 맡길 수는 없으며 자신들이 직접 그들의 생사를 확인하든가 살아 있다면 손을 써서 죽여야 하기 때문이다.

그렇지만 불길 너머는 거센 불길이 사그라지긴 했지만 온통 붉은 기운으로 넘실거렸다.

불이 꺼지지 않고 잔불이 남아서 시뻘건 불바다를 이루고 있기 때문이다.

그렇지만 존북이왕은 저렇게 거센 불길 속에서 진이 깨지지 않을 리가 없으며, 포위망을 튼튼하게 쳐놓고 있으면 솔천사와 방조자들이 걸려들고 말 것이라고 확신했다.

화운룡과 명림, 운설은 택산함진 속에서 약 일각 반 정도 휴식을 취했다.

휴식이 더 길었으면 좋겠지만 그 정도로 약간의 공력을 회복하게 되었다.

화운룡은 십존왕들이 절대로 택산함진을 파훼하지 못할 것이며, 결국에는 불을 지를 것이라고 예상했다.

그 정도를 예상하지 못하고 진을 펼칠 그가 아니다.

또한 그는 택산함진을 펼치기 전에 북서풍이 불고 있다는 사실을 확인했다.

그렇기 때문에 불을 지를 경우 불길이 낭떠러지 쪽에서 숲쪽으로 번질 테고 그러면 십존왕과 남투정수들이 뒤로 물러날 수밖에 없다는 사실도 예상했다. 즉, 낭떠러지에서 점점 멀어지는 것이다.

천외신계가 불을 지른 직후에 화운룡은 택산함진을 해체했으며 낭떠러지 끝으로 물러나 이미 타버린 곳에 엎드려서 상황을 지켜보았다.

불길이 빠르게 동남쪽으로 번져가고 있을 때 화운룡 일행은 서쪽으로 달렸다.

처음에 불길이 작을 때는 천외신계가 포위망을 구축하면서 물러나겠지만 점차 빠르게 불길이 넓어지면 더 이상 감당하지 못할 것이다.

그러면 불길의 끄트머리를 따라가다가 포위망이 터졌을 때 그곳으로 탈출하면 된다.

택산함진을 펼쳤던 곳에 남아 있는 것은 위험하다. 천외신계가 언제라도 상황만 되면 불길을 날아 넘어서 그곳에 쳐들어올 수 있기 때문이다.

마침내 일존왕이 명령을 내렸다.

"불길을 넘어라!"

십존왕이 일제히 허공으로 십여 장 솟구쳤다가 불길 위로 날아올랐다.

불길의 폭은 삼 장 정도지만 그 너머 바닥이 마치 붉은 바다처럼 넘실거리고 있다.

아직 불이 꺼지지 않은 상태다. 거센 불길에 가까울수록 시뻘겋고 멀수록 검었다.

아무리 풀밭이 탄 것이라고 하지만 불구덩이 속으로 뛰어들었다가는 통구이가 되고 말 것이다.

그러므로 십존왕은 수직으로 십여 장 솟구쳤다가 허공중에서 칠팔 장 이상의 거리를 날아서 넘어야 한다.

이것은 십존왕이라고 해도 결코 쉽지 않은 일이다.

그래서 솔천사에게 중상을 입은 네 명이 도약을 포기하고 바닥으로 내려섰으며, 나머지 육존왕이 어렵게 불바다를 날아서 넘었다.

그런 상황이므로 남투정수가 십존왕을 따라간다는 것은 꿈도 꾸지 못할 일이다.

불기둥을 넘지 못하고 초원에 내려서서 뒷걸음질 치던 네 명 사존왕들은 서로의 얼굴을 쳐다보더니 불길을 등지고 초원의 끝으로 내달리기 시작했다.

어차피 지금 상황에 자신들은 도움이 되지 못하는 형편이니까 이 기회에 적당한 장소에서 치료를 하면서 휴식을 취할 생각이다.

불길은 초원 전체로 번졌다.

길이 삼십여 리에 폭 이십오 리에 달하는 거대한 초원 전체가 불타는 광경은 불지옥을 연상하게 했다.

백여 명밖에 남지 않은 남투정수들이 불타는 초원 삼십여 리를 포위한다는 것 자체가 어불성설이다.

화운룡 일행은 일찌감치 포위망을 뚫고 나갔다.

일존왕을 비롯한 육존왕들은 숲속을 이리저리 뒤지다가 사존왕들이 휴식을 취하고 있는 장소를 찾아냈다.

천외신계 사람들끼리는 서로 통하는 독특한 노부(路符: 표식)가 있으므로 사존왕들이 남긴 노부를 발견하여 그것을 따라가다가 사존왕을 찾아내는 일은 어렵지 않았다.

울창한 숲속의 아담한 공터에는 사존왕들이 띄엄띄엄 가부좌의 자세로 앉아서 운공조식을 하고 있었다.

사존왕들은 그을음 때문에 거무튀튀한 모습인데, 불길을 넘어갔다가 성난 개떼처럼 잿더미 속을 뒤지고 온 육존왕들의 몰골은 굴뚝 속에서 기어 나온 것처럼 새카맸다.

당연한 일이지만 육존왕들은 화운룡 일행을 찾지 못하고, 헛물만 켜고 돌아왔다.

오랜 추격 끝에 비로소 육존왕들도 공터에 흩어져서 자리를 잡고 휴식에 들어갔다.

기진맥진한 상태라서 때려죽인다고 해도 더 이상 솔천사와 방조자들을 추격할 기력이 없다.

백여 명의 남투정수들은 공터 바깥쪽 아무 곳에나 우르르 쓰러져서 휴식에 들어갔다.

초원이 불타는 소리와 연기 냄새가 이곳까지 번져왔다. 그러나 이곳은 서쪽이기 때문에 불길이 번질 염려가 없다.

한 시진 후, 일존왕이 제일 먼저 운공조식에서 깨어나 천천히 주위를 둘러보았다.

아홉 명의 존왕들은 아까 봤던 그대로의 위치에서 여전히 운공조식을 하고 있다.

그때 마침 가까운 곳에서 운공조식을 하고 있던 존동이왕이 눈을 뜨다가 일존왕을 쳐다보았다.

십존왕의 서열은 동(東)이 먼저고 북(北)이 다음이다.

십존왕은 존동 다섯 명과 존북 다섯 명으로 이루어져 있다.

존동일왕이 일존왕이고 그다음은 존북일왕이 이존왕, 존동이왕이 삼존왕, 존북이왕이 사존왕이라는 서열이다.

그러니까 지금 눈을 뜨고 일존왕을 쳐다보고 있는 존동이왕은 삼존왕이며 같은 '동존'으로서 일존왕의 최측근이다.

"부상당한 존왕들을 돌봐주시오."

일존왕의 말에 삼존왕은 고개를 끄떡이고 일어나서 부상이 심한 사존왕들이 운공조식하고 있는 곳으로 걸어갔다.

일존왕은 자신의 팔과 어깨에 난 깊지 않은 상처를 둘러보면서 이제 어떤 방법으로 솔천사와 방조자들을 찾아내야 할 것인지를 궁리했다.

"억?"

그런데 사존왕을 치료하러 간 삼존왕이 가시가 목에 걸린 소리를 냈다.

일존왕이 쳐다보니까 삼존왕은 다급한 동작으로 사존왕들을 살피고 있는데, 사존왕들은 운공조식을 하는 자세로 꼼짝도 하지 않고 있다.

문득 일존왕은 불길한 예감이 등골을 저몄다.

'설마……'

그 불길함의 예감이 빠르게 커져가는 것 때문에 일존왕은 몸이 굳었다.

운공조식을 하고 있는 사존왕을 일일이 다 살펴본 삼존왕이 일존왕을 향해 돌아섰다.

삼존왕 얼굴에 경악지색이 가득 떠올라 있는 것을 보고 일존왕은 자신의 불길함이 적중했음을 깨달았다.

삼존왕이 짓이기는 듯한 목소리로 중얼거렸다.

"네 명의 존왕이 다 죽었소이다."

그는 말도 안 된다는 표정을 지었다.

"네 명 모두 사혈이 찍혀 즉사했소."

일존왕의 얼굴이 보기 싫게 일그러졌다.

"우라질……!"

직접 눈으로 보지 않았어도 솔천사를 구한 방조자의 짓이 분명하다.

일존왕의 머리가 뒤늦게 회전했다.

솔천사의 방조자는 십존왕들이 진을 파훼하기 위해서 불을 지를 것이라는 사실과 바람이 어느 방향에서 불고 있는 것까지 미리 예측한 것이 분명하다.

그래서 불길이 거세지고 넓어져서 포위망의 틈이 벌어지자 즉시 진을 풀고 포위망을 뚫었을 것이다.

그런데 방조자는 포위망을 뚫고 탈출하는 것만으로는 만족하지 않고, 후방 깊숙한 곳에서 중상을 입은 존왕들이 휴식을 취하고 있을 것이라는 사실까지 예측하여 그들을 정확하게 찾아내서 모조리 사혈을 찍어 죽여 버렸다.

그런 일련의 일은 절대로 우연하게 벌어진 일이 아니다. 사전에 미리 정확하게 예상하고 치밀하게 작전을 짜지 않았으면 절대로 행할 수 없는 일이다.

일존왕은 방조자에 대해서 분노보다는 공포를 느꼈다.

'도대체 그자는 신(神)이라도 된다는 말인가?'

*　　　　　　*　　　　　　*

화운룡 일행은 무사히 황암현에 도착했다.

비룡은월문을 떠난 지 이십팔 일 만이다.

화운룡은 황암현 의방에서 의술용 침구 한 통만을 구하고는 운류선을 출발시켰다.

　운류선이 바다로 나오고 천외신계의 추격이 없다는 것을 확인하자마자 화운룡은 솔천사 치료에 돌입했다.

　운설과 명림도 기진맥진한 상태지만 화운룡 옆을 지켰다.

　그녀들은 미래에서 그랬던 것처럼 과거 즉, 현재에도 좌우호법으로서 화운룡과 생사고비를 함께 넘겼다는 사실에 뿌듯함을 느끼고 있었다.

　선실의 나무 침상에 속곳만 입은 솔천사가 반듯하게 누워 있고 화운룡은 침술을 시술하고 있다.

　단언하건대 당금 천하에서 의술은 물론이거니와 특히 침술로써 화운룡과 어깨를 나란히 겨룰 수 있는 인물은 한 명도 없을 것이다.

　화운룡의 침술은 죽은 사람을 살리지는 못하지만 숨이 붙어 있기만 하면 어떻게든 살릴 수 있다.

　"휴우우……."

　한 시진 동안의 오랜 시술을 끝낸 화운룡은 긴 한숨을 내쉬면서 허리를 펴고 일어섰다.

　그러다가 균형을 잃고 크게 휘청거리는 것을 운설과 명림이 급히 양쪽에서 부축했다.

　괄창산에서 무수한 생사고비를 넘기느라 잠도 자지 못하고 공력이 고갈된 상태에서 온 신경을 기울여 시술을 하고 나자 한순간 맥이 풀려 버린 것이다.

"운검, 괜찮아요?"

"여보, 정신 차리세요."

다급하니까 '주군'이라는 호칭은 간데없고 사사롭게 부르는 호칭들이 튀어나왔다.

미래에 운설은 화운룡의 부인 행세를 하면서 '여보'라는 소리를 입에 달고 다녔었다.

화운룡이 해쓱한 얼굴로 운설을 나무랐다.

"설아, 너 그렇게 부르지 마라."

"싫어요."

"정말 말을 안 듣는구나."

화운룡은 두 여자의 부축을 받으며 솔천사가 누워 있는 침상으로 다가갔다.

솔천사는 여전히 깨어나지 않은 상태였고 화운룡은 조심스럽게 그를 진맥했다.

사실 화운룡의 침술은 신의 경지에 도달해 있지만 그렇다고 해도 살리지 못하는 경우가 간혹 있다.

결론적으로 말하자면 지금 솔천사의 경우가 그렇다. 솔천사는 피를 너무 많이 흘렸으며 도막도막 끊어진 혈맥의 손상이 매우 커서 아직까지 숨이 붙어 있는 것이 신기했다.

화운룡의 의술이 아무리 신의 경지라고 하지만 피를 보충해 줄 수는 없으며 수백 개의 끊어진 혈맥들을 다 이을 수는 없는 노릇이다.

그렇지만 그가 최선을 다해서 치료를 했으므로 결과는 하늘에 맡기는 수밖에 없다.

화운룡이 진맥을 끝내자 솔천사가 천천히 눈을 떴다.

솔천사의 시선이 화운룡에게 향하더니 온화한 미소를 지었다.

"용아."

"네, 사부님."

"이곳은 어디냐?"

솔천사의 목소리는 화운룡이 기대했던 대로 잔잔하고 부드러웠다.

"배 안입니다. 저희 집으로 향하고 있습니다."

"태주현 말이냐?"

"그렇습니다."

솔천사는 잠시 후에 궁금한 얼굴로 물었다.

"십존왕은 어찌 됐느냐?"

"그들 중에 네 명을 죽였으며 추적을 완전히 따돌렸습니다."

이어서 화운룡은 괄창산에서 있었던 일들을 간략하게 설명해 주었다.

솔천사는 푸근한 미소를 지었다.

"훌륭하구나, 용아."

화운룡은 살아 있는 솔천사를 대하는 것이 처음이지만 조금도 어색하지 않았다. 또한 그가 다정하게 '용아'라고 부르는 소리가 더없이 좋았다.

화운룡은 솔천사에게 궁금한 것이 매우 많지만 성급하게 굴지 않았다.

"답답하구나."

"바깥에 나가시겠습니까?"

"그러자꾸나."

"제가 사부님을 안겠습니다."

"그러겠느냐?"

화운룡은 조심스럽게 솔천사에게 옷을 입힌 후에 그를 안고 선실을 나섰다.

운류선 선실 이 층은 누대(樓臺)처럼 꾸며져 있으며 탁자와 의자가 놓여 있는데 화운룡과 솔천사 등은 그곳에 앉았다.

화운룡은 솔천사가 바다를 볼 수 있도록 그의 앞쪽 창을 활짝 열었다.

"술 있느냐?"

화운룡이 누대의 의자에 앉히고 조금 지나서 솔천사가 잔

잔한 목소리로 말했다.

"있습니다."

화운룡은 현재 솔천사의 몸 상태가 몹시 위중하기 때문에
술을 마시면 안 된다는 식의 쓸데없는 말을 하지 않고 수하에
게 술을 가져오라 지시했다.

처음부터 비룡은월문에서 운류선을 타고 따라온 두 명의
시녀가 탁자에 요리와 술을 차렸다.

화운룡이 공손히 술을 따르자 솔천사는 단숨에 한 잔을
마시고 나서 흡족한 미소를 지었다.

"좋은 술이로구나."

솔천사는 도무지 나이를 추측하기 어려운 외모를 지녔다.

눈을 이고 있는 것처럼 새하얀 백발과 가슴까지 늘어진 역
시 새하얀 수염만 보면 영락없는 칠팔십 대 노인 같았다.

하지만 주름 하나 없이 팽팽한 얼굴을 보면 삼사십 대 청장
년이라고 해도 믿을 듯했다.

화운룡이 술을 따르자 솔천사는 연거푸 석 잔을 마시고 나
서 고개를 끄떡였다.

"네 얘기를 들어보자."

"무엇이 궁금하십니까?"

"천하일통을 했는지, 몇 살까지 살다가 과거로 돌아왔는지
말해보아라."

솔천사는 처음 정신을 차렸을 때 화운룡이 자신은 미래에서 왔다고 한 말을 잊지 않고 있었다. 또한 그것이 터무니없는 소리라고 일축하지도 않고 그대로 믿었다.

화운룡 좌우에 앉은 운설과 명림은 숨소리도 내지 않은 채 두 사람의 대화를 지켜보았다.

솔천사는 운설과 명림을 보았지만 그녀들에 대해서는 아무것도 묻지 않았다.

화운룡은 조용한 목소리로 말했다.

"저는 천하를 일통했으며 팔십사 세까지 살다가 어느 날 우화등선에 도전했는데 깨어나 보니 과거로 돌아왔습니다."

그리고 먼저 살았던 생에서 자신이 괄창산 비로봉에서 솔천사의 유해를 발견하여 그의 유시에 따라서 사도지례를 올리고 무극사신공을 배운 것과, 오 년 후에 강호에 출도하여 어떤 활동을 했는지에 대해서 자세히 설명했다.

"흠……."

설명을 다 듣고 난 솔천사를 고개를 끄떡였다.

"이번에 네가 구하지 않았다면 나는 괄창산 비로봉 동굴에 찾아가서 안배를 해놓은 후에 죽었을 것이다."

화운룡은 짚이는 것이 있어서 공손히 물었다.

"저를 위한 안배입니까?"

"그렇단다."

"사부님께선 저를 어떻게 아십니까?"

"예지로 알았느니라."

"예지요?"

"그래. 장차 네가 내 유지를 이어받을 것이라는 예지였다."

"그랬군요."

솔천사가 화운룡이 미래에서 왔다는 사실을 믿은 것처럼, 화운룡도 그의 예지력에 대해서 추호의 의문을 품지 않았다.

예지력이라면 화운룡도 경험이 있었기 때문이다. 사해검문을 구하러 갔을 때 당한지가 죽을 것이라는 사실을 미리 예지력으로 알아내서 그녀를 구했을 뿐만 아니라 배신자를 찾아내서 죽일 수 있었다.

솔천사는 부드러운 미소를 지었다.

"너는 예지를 경험했던 모양이구나."

"그렇습니다."

"무극사신공을 완벽하게 터득하면 예지력을 비롯한 몇 가지 능력이 저절로 생긴단다."

화운룡은 가볍게 놀랐다.

"그렇습니까? 하지만 저는 팔십사 세까지 살면서 예지력을 경험한 적이 없었습니다."

솔천사는 온화하게 웃었다.

"있었지만 네가 모르고 있었을 뿐이다."

"그런 겁니까?"

솔천사는 자상하게 설명을 해주었다.

"사람의 결정이나 선택은 옳을 때도 있고 틀릴 때도 있을 테지만 너의 결정이나 선택은 언제나 옳았을 것이다. 그것이 바로 예지력 덕분이다."

"결정이나 선택을 해야 하는 상황에 예지력을 발휘하여 옳은 결정과 선택을 한 것입니까?"

"그렇다."

화운룡은 잠시 동안 곰곰이 생각하다가 고개를 끄떡였다.

"그렇습니다. 돌이켜 생각해 보니까 저는 언제나 옳은 결정과 선택을 했던 것 같습니다."

솔천사는 탐스러운 수염을 쓰다듬었다.

"예지력은 꾸준한 훈련을 통해서 더욱 발전할 수 있느니라."

화운룡은 솔천사의 예지력이 자신과는 비교할 수 없을 정도로 대단할 것이라고 짐작했다.

"나는 머지않은 미래에 태주현에 살던 화운룡이 내 제자가 되기 위해서 항주에 찾아올 것이라는 사실을 예지하고 약간의 안배를 해두었다."

"제가 항주의 고서점에서 적사검법을 찾은 것과 주루에서 손창을 만난 것 말씀입니까?"

"그렇단다."

"하지만 그것은 제가 한 번 살았던 생에서의 일입니다."

솔천사는 빙그레 미소 지었다.

"그러나 현재는 아직 일어나지 않은 일이기도 하단다."

"……."

화운룡은 아! 하는 표정을 짓고는 잠시 기억을 더듬었다.

"오늘이 섣달(臘月: 음력 십이월) 초엿새니까 저는 아직 항주에 가지 않았습니다……!"

항주에서 일어난 일은 팔십사 세까지 산 화운룡에게는 육십사 년 전이지만 날짜로 따지면 아직 도래하지 않은 미래의 일인 것이다.

"제가 항주에 도착한 것은 섣달 십이 일이었습니다. 그리고 적사검법을 얻어서 괄창산 비로봉에 도착한 것이 이십삼 일이었습니다."

솔천사는 빙그레 미소 지으며 고개를 끄떡였다.

"그때는 내가 십존왕의 협공에 중상을 입고, 비로봉에서 너를 위한 안배를 마치고 숨을 거둔 후일 것이다."

"그렇군요."

화운룡은 고개를 갸웃거렸다.

"하지만 제가 비로봉의 동굴에서 사부님의 유체를 뵈었을 때 사부님께서 남기신 기록에선 그때로부터 삼십 년 전에 십존왕의 협공에 당하였다고 하셨습니다."

"그랬느냐?"

솔천사는 화운룡의 어떠한 의문에도 막힘이 없다.

"아마도 그것은 운명의 왜곡(歪曲) 때문일 게다."

만사무불통지인 화운룡이지만 '운명의 왜곡'이라는 말은 처음 들어보았고 어떤 책자에서도 읽은 적이 없었다.

"그게 무엇입니까?"

"너의 운명은 십절무황으로 살다가 죽는 것이었는데 네가 그것을 역행하여 과거로 와서 두 번째 삶을 살게 되었다. 그렇지만 첫 번째 삶과는 많이 다를 것이다."

"그렇습니다. 똑같을 수가 없겠지요."

"그러니 내게 일어나는 일인들 똑같겠느냐?"

"아……."

과거로 회귀한 화운룡의 두 번째 삶이 첫 번째 삶과 판이하게 다른데 어째서 솔천사는 똑같아야 하는 것인가. 그의 운명도 달라질 수 있는 것이다.

"그렇군요."

화운룡은 큰 깨달음을 얻었다.

과거로 돌아온 그는 미래에 벌어질 일들을 훤하게 알고 있기 때문에 마치 예언자처럼 미래에 대처할 수 있었다.

그러나 모든 일들이 완벽하게 맞아떨어지는 것은 아니었다.

더러 틀리거나 다른 것도 있었는데 예를 들자면 사해검문과 태극신궁이 합병하려는 것과 통천방이 은한천궁을 멸문시킨 것, 첫 번째 삶에서는 없었던 춘추구패라는 존재, 그리고 가장 큰 것은 천외신계의 출현이었다. 따지고 보면 그런 것들이 운명의 왜곡인 것이다.

"후우……."

솔천사의 안색이 좋지 않고 그가 긴 한숨을 내쉬자 화운룡이 걱정스럽게 말했다.

"쉬셔야겠습니다."

솔천사는 손을 저었다.

"아니다. 너와 더 얘기를 나누고 싶구나."

화운룡은 사부 솔천사와 꽤 오랫동안 대화를 나누었고 새로운 사실들을 많이 알게 되었다.

그 덕분에 화운룡은 머리가 환하게 밝아진 기분이다. 그동안 궁금하게 여기던 몇 가지 일들과 풀리지 않았던 수수께끼들이 시원하게 풀렸다.

"이제 좀 쉬십시오."

"아니다. 너에게 줄 것이 있다."

솔천사는 오른손을 내밀었다.

"내 손을 잡아라."

그는 화운룡의 오른손을 악수하듯이 잡았다.

이어서 그가 소매를 걷자 손목에 차고 있던 완천(腕釧: 팔찌)이 드러났다.

완천에서는 은은한 일곱 가지 색의 칠채광(七彩光)이 감도는데 무슨 재질인지 경험이 많은 화운룡으로서도 도무지 알 수가 없다.

더 이상한 것은 화운룡은 솔천사를 만난 이후 그의 오른손목에 완천이 있는 것을 한 번도 본 적이 없었다.

더구나 아까 솔천사를 속곳만 입힌 상태에서 침술을 시술했었는데 그때도 당연히 완천 같은 것은 없었다.

그런데 갑자기 어디에서 나타났는지 모를 일이다. 그가 완천을 따로 두었다가 찼을 것이라고는 생각하지 않았다.

솔천사가 약간 피로한 얼굴에 미소를 지으며 말했다.

"용아, 천성(天成)을 이루었느냐?"

무극사신공 중에 심법이 무극삼원(無極三垣)이며 그것을 꾸준히 연공하여 완성하면 삼원천성(三垣天成)이 된다. 즉, 태미원(太微垣)과 자미원(紫微垣), 천시원(天市垣)을 완성하여 하나로 합치면 천성이 되는 것이다.

"네, 사부님."

"천성을 운공해라."

화운룡은 즉시 태미원과 자미원, 천시원을 차례로 운공하여 반각 후에 천성에 이르렀다.

원래 그의 공력이라면 천성을 운공할 때 온몸에서 칠채보광이 뿜어지는데 현재 공력이 일 갑자뿐이라서 그런 일은 일어나지 않았다.

그렇지만 지금 솔천사가 원하는 바는 그런 것이 아니다. 천성을 운공하여 어떤 의식을 행하려는 것이다.

솔천사도 눈을 감고 똑같이 천성을 운공했다.

운설과 명림은 과연 무슨 일이 벌어질지 몹시 궁금하여 숨을 멈춘 채 지켜보았다.

스우우…….

그때 솔천사의 완천에서 영롱한 광채가 뿜어졌다. 눈이 부셔서 똑바로 쳐다보기 어려울 정도의 칠채보광이다.

운설과 명림은 더욱 눈을 부릅뜨고 이제부터 무슨 일이 벌어질 것인지 지켜보았다.

후우우…….

그러나 칠채보광이 점점 더 밝아져서 운설과 명림은 눈을 감아야만 했다.

그녀들이 눈을 떴을 때 칠채보광은 사라지고 있는 중이며 완천이 화운룡의 오른쪽 손목에 채워져 있었다.

"아……."

이윽고 칠채보광이 완전히 사라졌으며 화운룡은 완천을 뚫어지게 주시했다.

"그것의 이름은 천성여의(天聖如意)이며 천성제(天聖帝)의 신물이니라."

화운룡은 시선을 솔천사에게 주었다.

"사신천제를 천성제라고 합니까?"

"그렇다."

화운룡은 솔천사의 안색이 창백하고 얼굴이 푸석푸석한 것을 보고는 걱정이 앞섰다.

"사부님, 쉬셔야겠습니다."

솔천사는 온화한 미소를 지었다.

"용아, 내 얘기를 들어라."

화운룡은 불길한 예감이 들었지만 사부를 거스르지 못했다.

第四章

천신국(天神國)

솔천사가 화운룡에게 손을 뻗었다.

"가까이 오너라. 널 만져보고 싶구나."

화운룡은 솔천사가 금방이라도 어떻게 될 것 같은 걱정스러운 마음을 애써 가라앉히며 그에게 바싹 다가앉았다.

슥……

솔천사의 손이 화운룡의 얼굴을 쓰다듬었다.

화운룡은 사부의 따스한 체온을 느끼며 울컥하고 감격이 솟구쳤다.

"사부님……"

솔천사의 손이 마주 앉은 화운룡의 왼쪽 어깨에 얹혀졌다.

그리고 솔천사는 엄숙하면서도 자상한 표정으로 말했다.

"너를 제팔대 천성제로 임명하노라."

"……."

후와아악!

그 순간 화운룡과 솔천사 사이에서 엄청난 섬광이 작렬했다. 두 사람 사이에 번개가 떨어진 것 같았다.

그러고는 섬광이 찰나지간 두 사람을 삼켜 버려 그들의 모습이 보이지 않았다.

퍼억!

"흐으으……."

뒤이어 둔탁한 음향과 함께 섬광이 씻은 듯이 사라지며 화운룡이 앉은 자세에서 무언가를 가슴에 얻어맞은 것처럼 뒤쪽 허공으로 붕 날아갔다.

우당탕!

"운검!"

"여보!"

그가 구석에 내동댕이쳐지자 명림과 운설은 날카롭게 외치며 그에게 몸을 날렸다.

그러나 화운룡은 아무렇지도 않게 벌떡 일어나더니 급히 솔천사에게 다가갔다.

"사부님!"

솔천사가 뒤로 스르르 쓰러졌다.

화운룡은 급히 솔천사를 안았다.

제칠대 천중인계의 천성제 솔천사가 죽었다.

그는 숨을 거두기 전에 자신의 유체를 항주의 손복에게 전
해달라는 말을 남겼다.

그리고 자신의 나이가 백팔십 세에 이르러 천수(天壽)를 다
했기 때문에 십존왕의 협공이 아니더라도 머지않아서 운명을
달리했을 것이라는 말로 화운룡을 위로했다.

그 밖에 다른 말은 없었다. 화운룡더러 장차 제팔대 천성제
로서 어떻게 해야 한다느니, 천외신계를 물리쳐서 천하를 구
하라는 당부 같은 것도 일체 없었다.

화운룡은 솔천사의 유체가 누워 있는 선실에서 며칠 동안
이나 꼼짝도 하지 않았다.

          *   *   *

색향 항주.

항주 외곽에 있는 어느 고풍스러운 고서점에 화운룡과 운
설, 명림이 들어섰다.

고서점 안은 어두컴컴한데 여러 줄의 서가들이 **빽빽**하게 서 있고 거기에 수만 권의 고서들이 꽂혔으며 고서 특유의 매캐한 냄새가 은은하게 퍼졌다.

화운룡이 두리번거리면서 안으로 걸음을 옮기자 안쪽에서 한 사람이 걸어 나왔다.

"어서 오시오."

키 작은 오십 대 꾀죄죄한 몰골의 중년인이며 일견하기에도 고서점 주인의 모습이다.

화운룡은 그를 육십사 년 전에 본 적이 있었다.

주인은 화운룡을 한 번 슬쩍 보더니 고개를 끄떡이고는 몸을 돌려 안으로 들어가며 한마디 툭 던졌다.

"원하는 책자가 있는지 편하게 찾아보시오."

"자네가 손복(孫福)인가?"

화운룡이 조용한 목소리로 묻자 고서점 주인은 뚝 걸음을 멈추더니 천천히 돌아섰다.

그는 화운룡을 응시하며 굳은 표정을 지었다.

"어떻게 날 아시오?"

화운룡은 대답 대신 오른팔을 슬쩍 들어 보였다.

소매가 아래로 흘러내리고 손목에 차고 있는 은은한 모양의 천성여의가 드러났다.

"아……"

고서점 주인은 크게 놀라며 한 걸음 뒤로 물러섰다.

화운룡이 천성여의를 차고 있다는 것은 그가 제팔대 천성제라는 뜻이다.

"그분은 어디에 계시오?"

"내가 타고 온 배에 계시네."

고서점 주인의 눈동자가 크게 흔들렸다.

"그분은 괜찮으시오?"

화운룡은 씁쓸한 얼굴로 대답했다.

"돌아가셨네."

"아……."

고서점 주인의 얼굴이 경악으로 물들면서 뒤로 비틀비틀 세 걸음 물러났다.

그러더니 공손히 허리를 굽히며 말했다.

"나를 그분께 안내해 주십시오."

화운룡은 자신에게 괄창산 비로봉으로 가라고 귀띔을 해주었던 손창을 만나러 주루에 갈 필요가 없었다.

손복이 손창에게 연락을 해서 오라고 했기 때문이다. 두 사람은 형제지간이었다.

화운룡은 손복 손창 형제를 운류선으로 데리고 갔다.

척!

선실 문을 열고 들어가자 정면의 침상에 깨끗한 옷을 입고 누워 있는 솔천사의 모습이 보였다.

화운룡을 따라 선실에 들어온 손복과 손창은 솔천사를 발견하고는 부르르 세차게 몸을 떨며 큰 충격을 받았다.

손복과 손창은 침상으로 다가와서 나란히 서더니 솔천사를 향해 부복했다.

"할아버님을 뵈옵니다."

화운룡은 손복 형제가 솔천사를 '할아버님'이라고 부르는 호칭에 적잖이 놀랐다.

화운룡은 일어난 손복 형제에게 물었다.

"자네들은 사부님과 어떤 관계인가?"

"증손자입니다."

손복 형제는 정중히 요구했다.

"할아버님을 고향 집으로 모셔가겠습니다."

화운룡은 두 사람의 대답에 무척 놀랐다.

손복이 공손히 말했다.

"할아버님께선 세상의 일을 다 끝마치신 후에 고향 집에 돌아가서 쉬기를 원하셨습니다. 그래서 우리 형제는 할아버님의 말씀에 따라서 고향을 떠나 항주에서 지난 몇 년 동안 지냈습니다."

"자네들은 나를 기다리고 있지 않았나?"

손복 형제는 의아한 표정을 지었다.

"우리 형제는 항주에서 삼 년 동안 당신을 기다리고 있었습니다. 당신에게 적사검법을 주고 팔창산 비로봉으로 가라고 말해주기 위해서입니다."

"우리는 당신을 할아버님이 계시는 팔창산 비로봉으로 안내하지도 않았는데 이미 할아버님을 만났군요."

화운룡은 손복 형제와 대화를 더 나누어봤으나 그들은 솔천사가 천성제였다는 사실을 까맣게 모르고 있었다.

그저 솔천사의 명령에 따라서 삼 년 동안 항주에서 머무르고 있었던 것이다.

손복 형제는 마차에 솔천사의 시신을 실었다.

화운룡이 따라가겠다는 것을 손복 형제는 정중하게 거절했다.

"할아버님의 장례식은 가족끼리 치르게 될 것입니다."

"사부님 고향이 어딘가?"

"호북성 난야(蘭若)라는 곳입니다."

화운룡은 솔천사와 이렇게 헤어지는 것이 너무 아쉬웠지만 어쩔 도리가 없게 되었다.

덜그럭… 덜컹……

그는 솔천사의 유체를 실은 마차가 출발하자 공손히 허리를 굽혀 사부에게 마지막 인사를 했다.

＊　　　　　＊　　　　　＊

　화운룡과 운설, 명림이 비룡은월문에 돌아온 것은 섣달그믐 이틀 전이다.

　솔천사가 갑자기 죽은 이후 화운룡은 줄곧 솔천사에 대한 생각을 떨쳐 버리지 못했다.

　그가 깊은 침묵과 생각에 잠겨 있는 터라서 운설과 명림은 감히 말을 걸지도 못했다.

　한겨울 깊은 밤에 불현듯 잠에서 깬 화운룡은 운룡재 삼층 서재에 혼자 앉아서 생각에 잠겨 있는 중이다.

　그는 자신의 오른 손목에 차고 있는 천성여의를 오랫동안 물끄러미 바라보았다.

　천성여의는 눈에 확 띌 만큼 화려한 모양이 아니다. 그런데 경험이 풍부하고 박식한 화운룡으로서도 천성여의가 무엇으로 만들어졌는지 재질을 알 수가 없다.

　금(金)이나 은(銀)이 아니고 보석류도 아니며 그렇다고 쇠붙이도 아니다. 손으로 만져보면 전혀 차갑지 않고 부드러우면서도 몸의 일부분처럼 이질감이 없다.

솔천사는 천성여의가 천성제의 신물이라고 말했다.

현재로썬 천성여의의 쓰임새를 알 수 없지만 천성제의 지위를 나타내는 징표(徵表) 이상의 효능을 지니고 있는 것만은 분명한 것 같았다.

그의 경험으로 미루어 봤을 때 천성여의는 독을 막아주는 피독(避毒)이나 불을 막아주는 피화(避火) 같은 효능이 있는 것 같지만 시험해 보고 싶은 생각이 들지 않았다.

갑자기 닥친 일 때문에 아직 마음의 결정을 내리지 못했기 때문이다.

화운룡이 줄곧 고뇌하고 있는 이유는 그가 어떻게 해볼 새도 없이 솔천사가 그에게 제팔대 천성제의 지위를 넘겨주었다는 사실 때문이다.

천성여의를 준 것이 그렇고 솔천사가 화운룡의 왼쪽 어깨에 손을 얹고 했던 말이 그랬다.

"너를 제팔대 천성제로 임명하노라."

그렇게 화운룡은 자신의 뜻과는 전혀 다르게 정식으로 천중인계의 사신천제인 제팔대 천성제가 돼버렸다.

육십사 년 전에 이어서 그는 두 번씩이나 제팔대 천성제가 돼버린 것이다.

다른 것이 있다면 육십사 년 전에는 자의에 의한 것이었고 현재는 타의에 의한 것이라는 사실이다.

그리고 화운룡을 더욱 당황하게 만든 일이 하나 더 있다.

솔천사가 자신의 공력을 화운룡에게 고스란히 송두리째 주입해 준 것이다.

사실 솔천사는 화운룡의 왼쪽 어깨에 손을 얹고 그를 제팔 대 천성제로 임명한다고 말한 직후 찰나지간에 자신의 모든 공력을 화운룡에게 주입해 버렸다.

그 과정에 눈부신 섬광이 번쩍였으며 화운룡은 뒤로 날아가서 바닥에 내동댕이쳐졌다.

솔천사가 화운룡에게 주입한 공력은 자그마치 육 갑자 삼백육십 년 수준이었다.

실로 엄청난 공력이다. 솔천사가 아니라면 당금 무림에 과연 어느 누가 그런 공력을 지니고 있겠는가.

또한 솔천사가 아니라면 어느 누가 화운룡에게 자신의 공력을 아낌없이 주입하고 죽겠는가.

만약 솔천사가 십존왕의 협공으로 엄중한 내상을 입지 않았더라면 초범입성의 경지에 이른 오백 년 공력을 화운룡에게 줄 수 있었을 것이다.

그렇다고 해도 육 갑자의 공력은 어마어마한 것이다.

화운룡의 원래 공력이 일 갑자 육십 년이었는데 괄창산을 다녀온 한 달여 동안 십 년이 늘어 칠십 년 공력이 됐다.

그래서 솔천사가 주입한 공력과 합쳐져서 무려 사백삼십 년이라는 어마어마한 공력이 된 것이다.

화운룡은 무적검신에서 십절무황으로 넘어가는 시절에 오갑자 삼백 년의 공력을 지니고 있었다.

그 이후 공력이 계속 증진되었으나 이미 천하제일인의 자리에 오른 그에게 공력이란 무의미한 것이었다.

화운룡은 솔천사가 자신에게 공력을 주입했다는 사실을 운설이나 명림에게도 말하지 않았다. 자신의 생각이 정리되지 않았기 때문이다.

그가 괄창산에 갔던 이유는 비로봉 동굴 안에 그가 만든 솔천사의 무덤이 있는지 확인하려는 것이었다.

무덤이 없다면 솔천사는 아직 살아 있는 것이고, 화운룡이 나서지 않더라도 솔천사가 천중인계 사신천제로서 천외신계의 중원 침략을 막을 것이라고 생각했다.

그러므로 백호뇌가를 비롯한 사신천가들은 화운룡이 아닌 솔천사에게 복속돼야 마땅한 것이다.

그렇게 되면 당연히 화운룡은 사신천제가 아니며 천외신계를 막아야 할 책임이 없다.

그랬었는데 공교롭게도 십존왕의 협공에 중상을 입고서 쫓기고 있는 솔천사를 화운룡이 구하게 된 것이다.

지금 화운룡의 오른 손목에는 천성제의 신물인 천성여의가 있으며 그의 단전에는 솔천사의 육 갑자 삼백육십 년 공력이 가득 들어 있다.

아무리 부인하려고 해도 그것은 엄연한 사실이다. 그리고 솔천사가 화운룡을 제팔대 천성제로 임명했던 목소리 역시 아직도 귀에 쟁쟁하다.

화운룡은 솔천사가 아무 말도 하지 않은 이유를 안다. 천성제의 임무가 무엇인지 분명한데 구태여 말로 천외신계를 막으라고 할 필요가 없는 것이다.

어쨌든 선택은 화운룡의 몫이다. 그에게는 자유의지라는 것이 있기 때문이다.

솔천사가 그에게 천성여의와 육 갑자 공력을 준 것은 그의 뜻이었지 화운룡이 원한 것이 아니다.

화운룡은 팔창산에 혹을 떼러 갔다가 더 큰 혹을 만들어 붙여서 돌아왔다.

"휴우……."

그는 긴 한숨을 토해냈다.

이것은 아무리 고민을 해도 풀리지 않는 숙제다.

그가 서재에서 나오자 운설과 명림, 보진이 염려스러운 얼굴로 서 있다가 그를 맞이했다.

"무슨 일이에요?"

운설이 모두를 대표해서 물었다.

화운룡은 복도를 걸어가며 조용히 말했다.

"설아는 날 따라오고 림아와 진아는 가서 자라."

운설은 깜짝 놀랐다.

"저만요?"

화운룡은 말없이 걸어서 연공실로 들어갔다.

*   *   *

"생사현관을 타통해 주마."

연공실 석대에 앉은 화운룡의 말에 운설은 자신의 귀를 의심할 정도로 기뻐서 펄쩍 뛰었다.

"정말이에요?"

"그래."

깊은 밤중에 화운룡이 자지도 않고 서재에 혼자 있다는 보진의 말을 전해 듣고 걱정이 돼서 나왔던 운설은 때아닌 횡재를 했다.

운설이 거침없이 상의를 훌훌 벗는 것을 보고 화운룡이 앞쪽의 석대를 턱으로 가리켰다.

"벗을 필요 없다. 여기 앉아라."

이미 상의를 벗은 운설이 의아한 표정을 지었다.

"생사현관을 타통하려면 나신이 되어 추궁과혈수법을 전개해야 한다던데요?"

"그러지 않아도 된다."

공력이 무려 사백삼십 년에 달하는 화운룡이거늘 구태여 옷을 벗겨서 추궁과혈수법을 시전하지 않아도 된다.

운설은 미심쩍은 표정을 지었다.

"저 생사현관 타통해 주려는 거 맞아요?"

화운룡이 일어섰다.

"마음이 변했다. 가서 자라."

"여, 여보."

운설이 달려들어 화운룡을 얼싸안으며 다시 석대에 앉히고 자신은 맞은편에 앉았다.

"잘못했어요. 다신 안 그럴게요."

화운룡은 석대에 가부좌의 자세로 앉은 운설을 응시하면서 머릿속으로 생사현관 타통에 필요한 시술 과정을 차례대로 그려보았다.

예전 십절무황 시절에는 측근들의 생사현관 타통을 눈을 감고서도 해주었던 그다.

운설은 명림과 보진 등에게 화운룡이 어떤 방식으로 생사현관을 타통했는지 들어서 알고 있다.

그런데 지금 화운룡은 운설에게 생사현관을 타통해 주겠다면서도 옷을 벗고 나신이 될 필요는 없다고 하니까 도대체 어쩔 셈인지 궁금했다.

슥…….

화운룡이 느릿하게 두 손을 들어 올렸다.

"눈을 감아라."

운설이 눈을 감자 갑자기 화운룡의 두 손이 허공에서 춤을 추듯이 빠르게 움직였다.

파파파팟…….

그의 열 손가락에서 지풍이 마구 뿜어져서 허공을 격하여 운설의 중요 혈도들을 두드렸다.

화운룡의 열 손가락에서는 육안으로 보이지 않는 무형의 지풍이 쉴 새 없이 발출되고 운설의 몸 앞면에 있는 수백 개의 혈도들을 한 치의 오차도 없이 격타했다.

운설은 몸의 앞면에 수백 발의 아프지 않은 화살을 무더기로 맞는 듯한 느낌에 얼굴이 놀라움으로 물들었으나 눈을 뜨지는 않았다.

스으으…….

가부좌 자세인 운설의 몸이 석대에서 느릿하게 상승하며 떠올랐으나 그녀는 느끼지 못했다.

그녀의 몸이 석대에서 두 자 정도 떠오르면서 느릿하게 반회전하는 동안에도 화운룡의 지풍은 쉴 새 없이 그녀의 어깨와 옆구리의 혈도들을 격타했다.

이후 운설의 몸은 허공중에서 눕혀지거나 엎드리는 자세를 취했고 화운룡이 발출한 지풍들은 그녀의 온몸 구석구석을 빠짐없이 두드렸다.

화운룡이 생사현관의 타통을 쉽게 하는 것 같지만 사실 그것만큼 어려운 일도 없을 것이다.

사람은 생사현관을 타통하기에 적합한 신체가 있고 하면 절대로 안 되는 신체가 있다.

그렇지만 화운룡은 적합한 신체거나 적합하지 않은 신체거나 상관하지 않고 무조건 타통할 수 있다. 그것이 그의 탁월한 능력이다.

또한 아무리 적합한 신체라고 해도, 그리고 또 시술자의 능력이 뛰어나다고 해도 생사현관 타통에는 반드시 위험 부담이 뒤따른다.

생사현관 타통을 무림에서 삼생칠사(三生七死)라고 부르는데에는 이유가 있다.

시전하면 세 명은 성공해서 살지만 일곱 명은 실패해서 폐인이 되거나 죽는다는 뜻이다. 그만큼 위험천만한 것이 생사현관의 타통이다.

그러나 이 역시도 화운룡에게는 적용되지 않는 일이다. 그는 십절무황 시절부터 다시 살게 된 이번 두 번째 삶까지 수백 명의 생사현관을 타통해 주었지만 단 한 번도 실패한 적이 없었다.

그는 화운룡인 것이다.

쿵! 쿠쿵!

어느 한순간 허공에 누운 자세로 떠 있는 운설의 머리 부위에서 둔중한 음향이 터져 나왔다. 오랜 세월 동안 막혔던 임독양맥의 십사 개 혈도가 마침내 관통된 것이다.

화운룡은 허공에서 온몸을 세차게 떠는 그녀를 천천히 석대에 앉혔다.

이로써 운설의 생사현관이 타통되었다.

화운룡이 침실로 돌아오자 옥봉이 잠에서 깨어나 침상에 앉아 있었다.

"왜 자지 않고."

"용공을 기다렸어요."

화운룡이 괄창산에 다녀오느라 한 달 동안 청상과부 신세였던 옥봉은 남편이 돌아오자 품에 안겨서 어린아이처럼 펑펑 울었다.

그러고는 아교처럼 달라붙어 한시도 떨어지지 않더니 이제는 남편이 없다고 잠도 이루지 못한다.

"어서 자자."

화운룡이 침상에 오르자 옥봉이 기다렸다는 듯이 품속으로 파고들었다.

화운룡은 옥봉을 안고 머리를 쓰다듬었다.

"봉애는 아이 같구나."

옥봉은 그의 가슴에 얼굴을 묻었다.

"저더러 아이 같다는 분은 용공 혼자예요."

"아직 아이지."

"피이… 아기도 낳을 수 있어요."

화운룡은 어떤 느낌에 옥봉을 품에서 떼어냈다.

"혹시 봉애 임신했어?"

캄캄한 어둠 속에서 옥봉의 얼굴이 홍시처럼 붉어지는 것이 보였다.

"그런 거 아니에요."

옥봉은 다시 그의 품속으로 파고들었다.

일찍 일어난 명림은 언제나처럼 운룡재 삼 층을 한 바퀴 돌면서 아침 점검을 했다.

운룡재 삼 층만 해도 워낙 규모가 커서 한 바퀴를 점검하면서 도는 데 일각 이상 걸린다.

벌써 일어난 화운룡은 이 층 연무장에서 열두 명의 호법들에게 무공을 가르치고 있었다.

호법들이라고 하지만 사실 그의 제자들이다. 과거 아미파 장로였던 명림의 여제자 열한 명과 명문 호북연세가의 소가주 연오가 청일점이 되어 도합 열두 명이다.

이들은 평균 나이 십칠 세이지만 화운룡이 그들 모두 생사현관을 타통시켜 준 덕분에 평균 공력이 백 년 수준이다.

또한 모두들 매우 총명해서 화운룡이 가르치는 무공들을 바싹 마른 모래가 물을 흡수하듯이 하루가 다르게 쑥쑥 발전시키고 있는 중이다.

차례대로 점검을 하면서 삼 층 화운룡의 개인 연공실 앞을 지나던 명림은 안에서 신음 소리 같은 것이 흘러나오는 것을 듣고 문을 열었다.

"……!"

연공실 안에 벌어져 있는 광경을 본 명림은 크게 놀랐으며 보는 즉시 어떻게 된 일인지 알아차렸다.

옷을 입지 않은 운설이 석대 위에서 고양이가 한껏 기지개를 켜는 자세를 취하고 있었던 것이다.

명림은 얼마 전에 자신이 저런 자세로 있었던 일을 떠올리고는 미소를 지었다.

"우웅… 누… 구야?"

문을 등지고 있는 운설이 몹시 힘든 목소리로 물었다.

"나야."

명림은 선천적으로 요함혈체라서 화운룡이 그녀의 생사현관을 타통해 줄 때 몹시 애를 먹었다.

명림의 전신 수천 개의 혈도들이 모조리 요함, 즉 혈도가 깊이 함몰된 현상은 매우 심했으며 특히 회음혈은 너무도 깊이 함몰되어 있었다.

생사현관을 타통하기 위해서는 가장 중요한 회음혈을 도합 다섯 번 찌르고 세 번 깊게 타격해야 하는데 그 짓을 하느라 화운룡은 진이 다 빠졌었다.

그렇게 어렵사리 생사현관 타통을 마친 이후 화운룡에게 십절신공과 검강을 배우게 된 명림은 심법체질을 신공체질로 바꾸기 위해서 생사현관 타통보다 어렵다는 추궁과혈수법을 한 번 더 받아야만 했다.

그때 명림의 요함혈체 때문에 추궁과혈수법을 전개하느라 또다시 기진맥진 넌더리가 난 화운룡은 명림을 골탕 먹이느라 지금 운설이 취하고 있는 고양이 기지개 켜는 자세를 밤새도록 하게 내버려 두었다. 물론 옷을 하나도 입지 않은 상태로 말이다.

명림은 나중에 그것이 화운룡의 장난이었다는 사실을 알고, 크게 놀라고 어처구니가 없었지만 화가 나지는 않았다.

명림은 화운룡이 무슨 장난을 해도 화가 나지 않는다는 사실을 그때 깨달았다. 이유는 간단하다. 그를 사랑하고 있기 때문이다.

그런데 지금 운설이 그때의 명림처럼 똑같은 골탕을 먹고 있는 중이다.

그런 걸 보면 운설이 생사현관을 타통하는 과정에서 화운룡의 애를 먹였던 것이 분명하다.

"으음… 언니… 생사현관 타통한 후에 꼭 이런 자세로 있어야 되는 거유?"

명림이 그랬던 것처럼 운설도 지금 같은 상황에 의구심이 부쩍 생긴 모양이다.

명림은 운설의 어깨를 부드럽게 쓰다듬었다.

"나는 거의 이틀 동안 이러고 있었어. 이런 자세로 있어야지만 기경팔맥이 제자리를 잡는다는 거야."

"어… 언니도 이런 걸 했수?"

운설은 힘겹게 고개를 돌려 명림을 보았다.

"으으… 그럼 나도 이틀 동안 이러고 있어야 하는 거요?"

"그래야 할 거야."

명림은 자신을 쳐다보느라 자세가 흐트러진 운설을 바로잡아 주었다.

"어깨 숙이고 엉덩이 더 들어."

"으으… 이… 이렇게?"

"좀 더."

"아으윽……! 나 죽어……."

밤새 이 자세로 있었던 운설은 뼈마디가 다 부러지는 고통을 느끼고 있는 중이다.

명림은 연공실을 나가기 전에 운설을 보며 말해주었다.

"주군께 한 번 가보시라고 말씀드릴게."

"으으… 부탁해, 언니……."

명림은 운설의 뒷모습을 보면서 얼굴이 화끈했다.

자신의 이런 자세를 화운룡이 봤을 것이라고 생각해서다. 그렇지만 부끄러워서 죽을 정도는 아니다.

이후 명림은 화운룡을 만났지만 운설에 대해서는 입도 벙긋하지 않았다.

지나치게 나대는 운설이 이번 기회에 혼이 좀 나야 한다고 생각하는 것은 화운룡만이 아니다.

*　　　　*　　　　*

중원에서 북해(北海)라고 말하는 곳은 중원의 서북방 광활한 몽고대사막 너머 북쪽의 서백리아(西伯利亞: 시베리아)에 있는 바다처럼 거대한 호수 패가이호(貝加爾湖: 바이칼호)를 가리키는 것이다.

그곳 패가이호를 중심으로 사방 칠천여 리의 거대한 나라가 있으며 천신국(天神國)이라고 한다.

이 나라를 중원인들은 천외신계라고 부른다.

최강대국인 대명제국이 주변국들을 거의 모두 점령하여 속국으로 만들었으나 중원에서 너무 멀리 떨어져 있는 천신국까지는 손을 뻗지 못했다.

설사 대명제국에게 이곳을 침략할 마음이 있었다고 한들 천신국을 어떻게 하지는 못했을 것이다.

만약 그랬더라면 지금의 대명제국은 존재하지 않았을지도 모르는 일이다.

천신국은 결코 호락호락한 나라가 아니기 때문이다.

천신국은 오랜 잠에 빠져 있는 거인의 나라다.

천신성(天神城)은 천신국 여황이 사는 곳이다.

성의 가장 크고 높은 궁전에서 지금 매우 중요한 명령이 내려지려고 한다.

전체가 희거나 투명한 색의 크고 으리으리한 대전 안에는 많은 사람들이 모여 있지만 단 한 명도 없는 것처럼 고요함이 흐르고 있다.

드넓은 대전의 전면 바닥에서 다섯 계단 위에는 전체를 백옥으로 만든 보좌(寶座)에 눈부신 흰 옷을 입은 젊은 여자가 비스듬한 자세로 앉아 있으며, 좌우에는 두 명의 청년과 두 명의 중년인이 서 있다.

그리고 계단 아래 바닥에는 앞쪽에 다섯 명, 뒤쪽에 여덟 명이 무릎을 꿇고 엎드려서 이마를 바닥에 댄 자세로 부복하고 있다. 이른바 오체투지(五體投地)의 자세다.

그뿐 아니라 양쪽 벽을 등지고 찬란한 갑옷을 입은 오십 명씩 백 명이 각기 한 줄로 길게 도열해 있는 광경이 위압감을 느끼게 했다.

백옥 보좌에 앉아 있는 여자 즉, 천신국의 여황 천여황이 나직한 목소리로 말문을 열었다.

"동초(東超), 들어라."

계단 아래 앞줄에 부복한 다섯 명은 천외신계의 천황족을 제외한 십 등급 중에서 가장 높은 신조삼위(神鳥三位)의 초신족 초번(超幡)이다.

신조삼위는 천신족(天神族) 혹은 반신위(半神位)라고도 하는데 반은 인간이지만 반은 신(神)이기 때문이다.

말하자면 반신반인(半神半人)이며 실제로 신체가 반은 신이고 반은 인간이 아니라 천신국에서의 지위가 그렇다는 것이다.

신조삼위는 초신족, 절신족, 존신족 삼위가 있으며 이들은 깃발 번(幡)을 뒤에 붙여서 초번, 절번, 존번이라고 한다.

천여황의 부름에 다섯 명의 초번 즉, 오초후(五超侯) 중에서 까마귀가 수놓인 금의를 입은 오른쪽의 인물이 더욱 고개를 조아렸다.

"신 동초, 여황 폐하의 하명을 듣습니다."

그는 천신국을 크게 사 등분한 동쪽의 동천국(東天國)을 지배하는 제후이며 동초후(東超侯)라고 불리는 동시에 천여황의 신하다.

동천국의 백성은 동이족으로만 이루어졌으며 모두 삼백오십만 명이다.

이십이삼 세 정도의 나이에 검은 머리카락과 눈동자, 새빨간 입술을 제외한 모든 것이 눈처럼 흰 천여황이 청아한 목소리로 동초후에게 명령했다.

"중원 무림을 접수하라."

"신 동초, 황명을 받듭니다."

동초후는 지난 수십 년 동안 야금야금 장악해 둔 중원 무림의 방파와 문파 팔백여 개를 이용하여 한순간에 중원 무림을 뒤집어엎을 것이다.

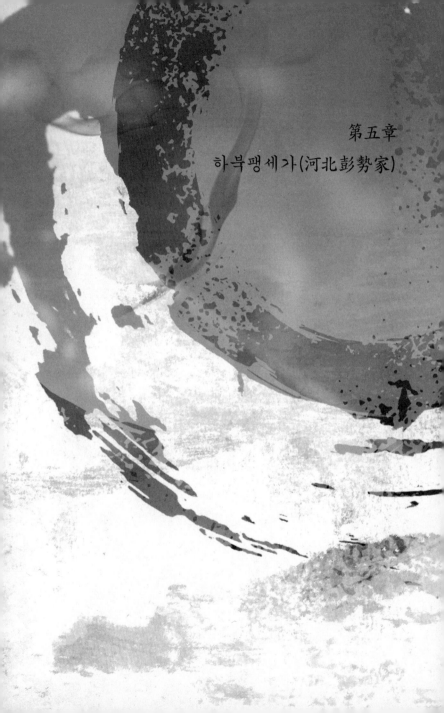

第五章
하북팽세가(河北彭勢家)

천여황이 다시 입을 열었다.

"서초(西超)."

풀잎이 바람에 스치는 것처럼 사근사근 다정한 목소리다.

계단 아래 앞쪽에 부복한 다섯 명 오초후 중에서 독수리가 수놓인 홍의를 입은 왼쪽에서 두 번째 인물이 당장에라도 바닥을 뚫고 들어갈 듯이 더욱 깊게 몸을 조아렸다.

"신 서초, 여황 폐하의 하명을 듣습니다."

그는 서초후(西超侯)로서 천신국의 서쪽 서천국을 지배하는 제후이며, 그의 백성은 모두 토번족이고 무려 팔백만으로 천신국에서 백성 수가 가장 많다.

"명의 황궁과 군대, 관을 접수하라."

"신 서초, 황명을 받듭니다."

서초후는 지난 삼십여 년 동안 은밀하게 작업을 하여 대명
제국 황궁과 황족, 군대, 관의 칠 할을 장악했다.

그들을 이용하면 나머지 삼 할을 손에 넣는 것은 여반장과
도 같은 일이다.

천여황은 하늘의 장인이 백 년 동안 공을 들여서 백옥과
얼음을 다듬어 조각한 듯한 절세의 미녀다.

그렇지만 쳐다보는 것만으로도 동공이 얼어버릴 것 같은
극한(極寒)의 아름다움이다.

만약 그녀가 천외신계의 천여황이든 뭐든지 간에 중원에 나
타나기만 한다면 지닌바 미모 때문에 한바탕 평지풍파가 일어
날 것이 분명하다.

슥······.

천여황이 희디흰 섬섬옥수를 내밀자 왼쪽에 있는 이십 세
정도의 미녀가 재빨리, 그러나 능숙하게 옆의 옥대에 놓여 있
는 한연대(旱煙袋: 담뱃대)를 집어 두 손으로 공손히 천여황에게
바쳤다.

천여황이 푸르스름한 옥색 한연대 끝을 입에 물자 미녀는
그 옆에 단정히 무릎을 꿇고 한연대 끝 둥근 부분에 손가락

을 갖다 댔다.

화르륵…….

그러자 미녀의 손가락 끝에서 가느다란 불꽃이 일었고 천여황이 한연대를 뻑뻑 빨자 그녀의 입과 코에서 뽀얀 담배 연기가 모락모락 뿜어 나왔다.

"후우… 남초(南超)."

"신 남초, 귀를 씻고 폐하의 존명을 듣습니다."

패가이호에서 남쪽 끝의 몽고대사막까지 천이백여 리의 방대한 영역 남천국(南天國)을 지배하는 남초후(南超侯)는 가슴까지 바닥에 밀착시켰다.

그의 청의에는 한 마리 학이 수놓아져 있다.

"솔천사는 어찌 됐느냐?"

남천국의 백성은 오직 몽고족으로만 이루어졌으며 사백오십만 명이다.

남초는 공손히 아뢰었다.

"죽었습니다."

천여황은 흐뭇한 미소를 지었다.

"잘했다."

"하오나 십존왕 중에 네 명을 잃었습니다."

천여황은 고개를 끄떡였다.

"그들의 영지(領地)에 애도를 표하고 가족에게 후한 상을 보내라. 아울러 후임을 정하라."

"황은(皇恩)에 몸 둘 바를 모르겠나이다."

십존왕은 천신국 각 지역에 영지를 지배하는 영주(領主)들이다. 십존왕 중에 누군가 죽으면 자식이나 조카 등 가족이 존왕의 뒤를 잇는다.

솔천사를 협공한 십존왕 중 살아남은 육존왕들은 솔천사의 고향인 호북성 난야에서 솔천사의 장례식이 치러지는 것을 지켜보았다.

천외신계는 오래전부터 솔천사의 고향이 호북성 난야라는 사실과 그가 죽어서야 고향 집으로 돌아올 것이라는 사실도 알고 있었다.

그렇지만 천외신계는 솔천사의 고향 집에 대해서는 일체 건드리지 않았다.

고향 집은 솔천사나 사신천가하고는 하등의 관계가 없으며 단지 그가 태어나서 청년기까지 자란 말 그대로 고향 집일 뿐이기 때문이다.

십존왕은 무덤을 파헤쳐서 솔천사의 시신을 확인한 후에 무덤을 원상태로 고스란히 복원해 두었다.

그리고 솔천사의 고향 집은 건드리지 않는다는 금기를 깨고 그의 시신을 마차에 싣고 온 손복과 손창을 고문했으나, 끝내 아무것도 알아내지 못하고 그 두 명을 죽였다.

그렇지만 보고를 받고 자초지종을 모두 알게 된 남초후는 중상을 입은 솔천사의 추적 과정에서 방조자가 있었다는 사실에 대해서는 천여황에게 보고하지 않았다.

십존왕의 협공으로 솔천사가 죽었기 때문에 그것으로 끝이라고 여긴 것이다.

솔천사를 구한 방조자가 사신천가 중에 하나라고 해도 사신천제이며 천성제인 솔천사가 죽으면 끝이기 때문이다.

천여황은 다른 것을 물었다.

"용황락은 찾았느냐?"

"찾았습니다."

솔천사를 죽이는 것과 용황락을 찾는 두 가지 임무를 남초후가 맡았었다.

그것은 중원 무림을 장악하는 것이나 대명의 황궁, 군대 등을 장악하는 것보다 작은 일처럼 보일지 모르지만 실제 천신국으로써는 솔천사를 죽이고 용황락을 찾는 일이 어느 것보다도 중요하다.

그것이 실패하면 천여황과 천신국의 수백 년 숙원이 수포로 돌아갈 수 있기 때문이다.

천여황은 느긋하게 한연대를 재떨이에 탕탕 털었다.

"용황락에 십절무황이 있더냐?"

"용황락은 그저 살기 좋은 무릉도원이었을 뿐 사람은 아무도 없었습니다."

"흠… 그거 이상하군."

천여황은 한연대를 놓고 손으로 턱을 받쳤다.

"내 예지가 잘못된 것인가?"

조금 전에 한연대를 천여황에게 바치고 불을 붙여준 미녀가 공손히 말했다.

"사부님의 예지는 한 번도 틀린 적이 없었습니다."

"그건 그렇지."

풍성한 긴 치마에다 양쪽 어깨에 한 자루 검과 한 자루 활을 메고 있는 미녀는 천여황의 열두 명의 천황 제자 중에서 두 번째 천황이제자(天皇二弟子)다.

"예지의 왜곡 현상이 아닐까요?"

천황이제자는 동이족으로 연군풍(淵君楓)이라는 이름을 지니고 있다.

천여황이 고개를 끄떡였다.

"그럴 수도 있겠구나."

천여황은 자신을 제외하곤 천하에서 가장 총명하고 박식한 연군풍을 제자들 중에서 가장 총애하고 있다.

'예지의 왜곡'이란 훨씬 더 먼 미래를 가까운 미래로, 아니면 과거를 미래로 왜곡했다는 뜻이다.

천여황은 예지력을 지니고 있으며 그것을 천하를 제패하는 것에 이용하고 있다.

천여황이 남초후에게 물었다.

"무림에 십절무황에 대해서 아는 자가 있더냐?"

"없었습니다."

"흠, 그렇다면 십절무황은 과거가 아닌 미래의 인물이로군."

천여황은 십절무황에 대한 예지를 한 번 더 시행해 보기로
마음먹었다.

"남초, 너는 장차 십절무황이 될 자를 찾아내라."

동초후와 서초후가 맡은 임무에 비한다면 남초후의 임무는
쉬운 것 같다. 반대로 말하자면 그만큼 그의 임무가 막중하다
는 뜻이다.

"황명을 받듭니다."

천여황은 네 번째 제후 북초후(北超侯)를 불렀다.

"북초."

한 마리 매가 수놓아진 백의를 입은 북초후는 패가이호 북
쪽 북천국(北天國)의 제후로 사백삼십만 만주족을 이끌고 있다.

"고려(高麗)와 동영(東瀛), 대리(大里)를 정벌하라."

"여황 폐하의 명을 받듭니다!"

천여황의 야심은 중원을 정복하는 것만이 아니다. 중원 주
변국들까지 깡그리 집어삼키려고 한다. 이른바 천하일통이 목
적인 것이다.

"천초(天超)."

천여황의 부름에 왼쪽 끝의 인물이 고개를 조아렸다.

"신 천초, 폐하의 명을 기다립니다."

화려한 주작(朱雀)이 수놓인 옷을 입은 천초후(天超侯)는 오초후의 우두머리이며 천여황이 있는 가운데 나라 천신본국(天神本國)을 천여황 대신 통치하는 제후다.

천신본국에는 천신국의 다섯 나라를 이루고 있는 다섯 부족이 모여 있으며 전체 인구는 오십만인데 그중에서 회족(回族)이 제일 많다.

전체로 봤을 때 회족의 수가 가장 적기 때문에 일국을 이룰 정도가 되지 않아서 천신본국에서 사는 것이다.

천여황은 아무리 중요하고 엄숙한 명령을 내리더라도 천하태평 느긋한 모습이다.

"너는 팔절(八絶)을 지휘하라."

천초후가 움찔 놀라서 고개를 들고 천여황을 우러러보았다.

천황족 외에는 어느 누구도 천여황을 쳐다봐서는 안 된다는 율법이 있지만 천초후는 너무 놀란 나머지 자신도 모르게 천여황을 우러러보았다.

천초후더러 '팔절을 지휘하라'는 천여황의 명령은 그 정도로 놀랄 만한 일이다.

신조삼위의 두 번째 절번(絶幡)은 천신국의 군대인 천외신군(天外神軍)을 지휘하고 있다.

천외신군은 색정칠위의 정예고수 '투정수'하고는 근본적으로 다른, 전투만을 위해서 훈련된 철저한 군대다.

일외신군(一外神軍)부터 팔외신군(八外神軍)까지 여덟 개 외신군이 있으며, 각 외신군은 십만 명씩 총 팔십만대군이고 전례 없는 강병(强兵)이다.

팔절 여덟 명이 각 외신군을 맡고 있는데 천초후더러 팔절을 지휘하라는 것은 천외신군 전체를 지휘하라는 뜻이다.

"천초! 네가 감히!"

그때 천여황 왼쪽 연군풍 옆에 서서 봉황 무늬 옷을 입은 중년 여인이 카랑카랑하게 꾸짖었다.

천초후는 화들짝 놀라서 이마가 부서질 정도로 힘차게 바닥에 부딪쳤다.

쿵!

"죽을죄를 졌습니다!"

천여황을 쳐다보았으니 대죄다.

천여황이 손을 뻗어 봉황 무늬 옷의 중년 여인 즉, 천여황의 좌호법을 만류하고 나서 말했다.

"천초, 네가 천신대계(天神大計)의 총지휘를 맡아라."

중원에서는 천외신계의 천하일통 야욕을 '천마혈계'라고 부르지만 이곳에서는 '천신대계'라고 한다.

천초후는 부르르 세차게 몸을 떨었다.

"황명을 받듭니다……!"

천여황은 담배를 길게 빨고 나서 담배 연기를 내뿜으며 한 연대로 재떨이를 땅! 하고 두드렸다.

"천신대계를 개시하라."

매우 넓은 실내에 다섯 명이 있다.

천여황이 백호의 가죽으로 만든 호피의에 앉아 있으며, 좌우에는 천황일제자와 천황이제자 연군풍이 서 있고, 앞쪽에 좌우호법이 시립하고 있다.

천여황이 차를 마시며 조용한 어조로 중얼거리듯 말했다.

"중원으로 가겠다."

그녀의 말에 두 명의 제자와 좌우호법은 깜짝 놀랐다.

두 명의 제자는 기쁜 표정을, 좌우호법은 걱정스러운 표정을 짓는 것이 달랐다.

그러나 천여황의 명령은 천명(天命), 거역할 수 없다.

천여황은 찻잔에 남은 차를 마시고 나서 말했다.

"천(天)아와 풍(風)아를 데려가겠다. 준비하라."

천황일제자 화리천(和璃天)과 천황이제자 연군풍 얼굴에 기쁨이 가득 떠올랐다.

연군풍은 천여황의 어깨를 주무르면서 달콤하게 말했다.

"감사합니다, 사부님."

천여황은 흐뭇한 미소를 지었다.

"그렇게 좋으냐?"

"말로만 듣던 중원을 구경할 수 있어서 정말 좋아요."

원래 천황 제자 열두 명 중에서 연군풍과 화리천만 제외하고 열 명은 반년 전에 중원으로 떠났다. 중원을 미리 알고 배우라는 천여황의 명령이었다.

하지만 천황일제자인 화리천과 천황이제자인 연군풍은 사부 곁에 남아 있어야만 했다.

                    *   *   *

장하문은 뜻밖의 보고를 받았다.

"귀풍채(鬼風寨) 채주가 찾아왔다는 말이냐?"

"그렇습니다."

장하문은 조금 어이없는 표정을 지었다.

귀풍채라면 멸문당한 철사보와 창혼부를 흡수해서 세력을 불린, 강소성 남쪽 장강 수계를 지배하는 녹림구련 중 하나인 수적 집단 즉, 녹림방파다.

한때 해룡상단의 돈을 탐내서 갖은 수작을 다 부렸고, 마지막에는 태사해문과 작당을 하여 몇 번이나 화운룡과 해남비룡문을 괴롭혔던 귀풍채의 채주가 무슨 일로 직접 찾아왔는지 궁금했다.

잠시 후에 귀풍채주를 만나본 장하문은 그를 데리고 운룡재로 향했다.

귀풍채주는 운룡재까지 오는 동안 비룡은월문의 어마어마한 규모를 보고는 혼비백산했고 곧 버썩 얼었다.

여태까지는 자기네 귀풍채가 꽤나 근사하다고 자부했었는데 비룡은월문에 비하면 측간에도 미치지 못할 정도라는 사실을 깨달았다.

그러나 그것은 시작일 뿐이다.

파츠츠츠츳!

슈우웅! 슈웅! 슈웅!

일단 어디선가 괴이한 파공음들이 난무하여 귀풍채주를 바짝 긴장시켰다.

직후 귀풍채주는 운룡재 일 층 복도의 활짝 열어놓은 연무장 안에서 화운룡을 비롯한 십칠룡신들이 허공을 훨훨 날아다니면서, 생전 보지도 듣지도 못한 검기며 강기를 무슨 폭죽처럼 발출하며 연마하는 광경을 보고는 완전히 오줌을 쌀 정도로 질려 버렸다.

장하문은 귀풍채주를 연무장 문밖에 세워두고 연무장으로

들어가서 화운룡이 용신들을 가르치는 것을 지켜보다가 잠깐
틈이 나자 공손히 아뢰었다.

"주군, 귀풍채주가 찾아왔습니다."

화운룡은 귀풍채주를 힐끗 쳐다보았다.

후리후리한 키에 젊은 신선처럼 속세를 벗어난 탈속한 용모
인 화운룡의 외모는 보는 사람을 압도하게 마련이다.

귀풍채주는 화들짝 놀라서 급히 허리를 굽혔는데 심장이
터질 것처럼 쿵쾅거렸다.

귀풍채주가 녹림인이지만 장하문이 여기까지 데리고 왔다
면 무슨 이유가 있을 것이라고 생각한 화운룡은 가볍게 고개
를 끄떡이고 밖으로 나왔다.

                    *   *   *

운룡재 일 층 접객실에 화운룡과 귀풍채주 염귀도(閻鬼刀)가
마주 앉았다.

잔뜩 겁에 질려 있는 염귀도는 한사코 앉지 않겠다고 극구
사양했다.

그러나 신분고하를 막론하고 일어선 상대하고는 대화를 하
지 않는 화운룡인지라 간곡한 부탁을 하려고 찾아온 염귀도
로서는 앉지 않을 수가 없었다.

화운룡 옆에는 장하문이 앉고 뒤에는 운설과 명림이 당당한 자세로 서 있다.

"무슨 일이냐?"

화운룡이 차를 마시면서 느긋하게 묻자 염귀도는 별것 아닌데도 화들짝 놀랐다.

"아… 저… 그게……."

염귀도는 자신이 이처럼 간덩이가 콩알만 한 줄 오늘 처음 알았다.

장하문이 염귀도에게 고개를 끄떡였다.

"네가 직접 말씀드려라."

"제… 제가… 말입니까……?"

염귀도는 와들와들 떨면서 말을 제대로 하지 못했다.

그는 화운룡 뒤에 서 있는 두 여자를 힐끗 보았다. 그는 두 여자가 누군지 잘 알고 있다.

소문에 의하면 무림 최고의 살수 조직인 혈영단의 단주 혈영객과 아미파 장로인 혜오신니가 비룡은월문 문주 비룡공자의 좌우호법이 됐다고 했다.

녹림에서 수십 년 동안 굴러먹어 눈치가 빠른 염귀도가 봤을 때 화운룡 뒤에 서서 새빨간 혈의 경장을 입고 있는 얼음보다 더 싸늘한 미녀가 혈영객이고, 그 옆에 담담한 표정을 짓고 있는 또 한 명의 미녀는 혜오신니가 분명했다.

쟁쟁한 혈영객과 혜오신니를 좌우호법으로 거느리고 있는 비룡공자 앞에서 일개 녹림 두목인 염귀도가 겁에 질려 도무지 입이 떨어지지 않는 것은 당연한 일이다.

그래서 어쩔 수 없이 장하문이 염귀도에게 들은 얘기를 차분하게 설명했다.

"하북팽세가의 제자와 자식들이 귀풍채를 괴멸시키려고 한답니다."

"무슨 이유에선가?"

장하문은 실소를 지었다.

"그들이 장강에서 유람하고 있는데 귀풍채가 약탈을 하려고 공격했다는 겁니다."

화운룡은 피식 실소를 흘렸다.

"오히려 그들에게 몰살당했겠군."

"그렇습니다. 그런데 하북팽세가의 청년들이 분노해서 귀풍채를 괴멸시키겠다고 벼른답니다."

겨우 정신을 차린 염귀도가 우는 소리를 했다.

"유람선에 타고 있는 사람들이 하북팽세가 사람들이라는 사실을 진작 알았더라면 절대로 약탈하려고 들지 않았을 겁니다. 게다가 약탈하려던 본 채의 수하 사십여 명이 모두 그들에게 죽었습니다."

멋모르고 약탈하려던 귀풍채 수적 사십여 명을 죽였으면

됐지 귀풍채 본 채까지 몰살시키려고 하는 것은 지나친 처사가 아니냐고 항변하는 것이다.

장하문이 씁쓸한 얼굴로 설명했다.

"녹림구련 중에서 여섯 개 방파가 지난 몇 달 사이에 태극신궁 휘하에 들어갔다고 합니다. 그래서 녹림구련은 사실상 해체가 된 것이나 다름이 없기에 귀풍채가 어디 도움을 청할 곳이 없다는 겁니다."

그래서 귀풍채가 몰살당하는 것을 막아달라고 비룡은월문을 찾아왔다는 뜻이다.

하지만 화운룡은 귀풍채가 아니라 다른 것 때문에 어이없는 표정을 지었다.

"태극신궁이 녹림방파를 휘하에 거두었다는 건가?"

"그뿐 아니라 태극신궁은 안휘성 내의 방파와 문파들은 정파든 사파든 가리지 않고 깡그리 끌어들여서 세력을 불리고 있답니다."

정파인 태극신궁이 그런 짓을 한다는 것은 천외신계가 태극신궁을 장악했기 때문일 것이다.

천외신계는 세력을 넓히기 위해서 걸신들린 거지처럼 이것저것 마구 집어삼키고 있다.

참고 있던 운설이 염귀도의 목을 비틀어 죽일 것 같은 싸늘한 표정을 지으며 한마디 했다.

"주군, 녹림 같은 쓰레기는 몰살당하는 편이 낫지 않아요? 내버려 두세요."

"그렇지만……."

염귀도가 뭐라고 말하려 하자 운설의 눈에서 으스스한 살기가 뿜어졌다.

"죽고 싶은 게냐?"

감히 혈영객에게 입도 벙끗하지 못하고 염귀도는 즉시 꼬리를 내렸다.

화운룡은 염귀도가 할 말이 있는 것처럼 머뭇거리는 걸 보고 말했다.

"할 말이 있으면 해라."

염귀도는 운설의 눈치를 보면서 더듬거렸다.

"비룡은월문에서는… 삼백 리 이내를… 평… 화지역으로 정했다는 말을 들었습니다……."

운설이 발끈해서 손을 뻗는 순간 어느새 염귀도의 멱살을 잡아버렸다.

"네놈들 구더기 같은 새끼들 보호하려고 평화지역을 만들었는 줄 아느냐?"

"끄으으……."

염귀도는 얼굴이 당장에라도 폭발할 것처럼 시뻘개져서 버둥거렸다.

"놔줘라."

화운룡의 말에 운설이 손을 놓자 염귀도는 바닥에 둔탁하게 떨어져서 버둥거리다가 겨우 정신을 차리더니 얼른 무릎을 꿇었다.

"비룡공자님… 제발 살려주십시오… 본 채에는 삼백여 명의 수하들과 그 가족들이 살고 있습니다……."

염귀도는 눈물과 콧물을 마구 쏟으면서 징징거렸다.

약탈과 살인, 방화하는 것이 천성적으로 좋아서 수적이 된 사람도 있겠지만 그런 자는 극소수일 테고 절대 다수가 가족을 부양하려고, 또는 먹고살려고 어쩔 수 없이 녹림인이 됐을 것이다.

더구나 가족들까지 귀풍채에서 함께 생활을 하고 있다니 그들이 몰살을 당한다면 얼마나 억울한 일이겠는가.

화운룡은 조용한 목소리로 말했다.

"내가 선포한 평화지역 내에서는 하오문조차도 보호를 받아야 할 것이다."

"아아……."

염귀도는 이마를 바닥에 대며 폭풍처럼 오열을 터뜨렸다.

"으흐흐흑! 감사합니다… 정말 감사합니다……."

귀풍채에 기적이 일어났다.

       *   *   *

강포현(江浦縣)은 남경에서 장강을 서쪽으로 이십여 리쯤 거슬러 오르면 나오는 꽤 큰 현이다.

또한 강소성 남쪽 지방에서 장강수계 서쪽에 있는 마지막 현이기도 하다.

경호장(京湖莊)은 강포현 외곽 장강 변의 언덕 위에 자리를 잡고 있는 꽤 유서 깊은 장원이다.

비록 무림의 명문세가는 아니지만 강포현 내에서나 인근의 방파와 문파들이 한 수 양보할 정도의 단단한 명성과 세력을 지니고 있다.

현재 경호장에는 평생에 한 번 있을까 말까 할 정도의 귀한 손님들이 와서 여흥을 즐기고 있는 중이다.

뚱땅거리는 악기 소리와 흐드러지는 유쾌한 웃음소리가 대전 밖으로 쏟아져 나왔다.

넓은 실내에는 여러 사람들이 술을 마시고 있으며 한쪽에는 악사들이 고즈넉한 음악을 연주하고 무희들이 너울너울 선녀 같은 춤을 추고 있다.

창 쪽 너른 곳에는 세 개의 커다란 탁자가 줄지어 늘어서 있으며 이십여 명의 인물들이 화기애애한 분위기로 주거니 받거니 술을 마시고 있다.

첫 번째 탁자에 주빈들이 있고, 일곱 명의 청년과 한 명의 중년인이 둘러앉아 있으며, 탁자 한쪽에 모여 앉은 다섯 명의 청년들은 자기들끼리 화기애애하게 웃으며 떠드는데 반대쪽에 나란히 앉은 중년인과 청년은 꿔다 놓은 보릿자루처럼 멀뚱하게 앉아 있다.

이 첫 번째 탁자에서 웃고 떠드는 다섯 명의 청년들이 오늘의 주빈이며 그 옆 두 개 탁자의 십오 명은 똑같은 경장 차림의 고수들로서 다섯 청년의 호위고수들이다.

"이 사제, 그럼 오늘 밤에 귀풍채를 요절내는 것인가?"

비단으로 만든 청의 경장을 입은 이십오륙 세 청년 즉, 하북팽세가의 소가주인 팽현중(彭顯重)이 자신의 옆자리에서 한 자리 건너의 화려한 화의 경장 청년에게 넌지시 물었다.

화의 경장 청년은 당금 대명 황제의 친동생인 광덕왕의 친아들 주형검(朱亨劍)이고, 그 옆 팽현중과의 사이에 앉은 백의 경장 소녀가 여동생 주자봉(朱紫鳳)이다.

팽현중의 물음에 주형검은 호기롭게 껄껄 웃었다.

"하하하! 사형! 우리가 괴멸시키기로 했으니 귀풍채는 죽은 목숨이나 다름이 없소! 그러니 오늘 밤은 즐겁게 마시고 내일 날이 밝으면 해장 삼아서 놈들을 쓸어버립시다!"

팽현중은 크게 고개를 끄떡이며 호응했다.

"하하하! 이 사제의 말이 맞네! 오늘 밤은 실컷 취해보세!"

팽현중이 사형이긴 하지만 왕자 신분인 주형검의 말을 한 번도 거스른 적이 없었다.

두 사람이 잔을 들자 팽현중의 여동생 팽소희(彭昭熙)와 그 옆에 앉은 산동공세가(山東公勢家)의 소가주 공도필(公刀筆)이 잔을 들어 부딪쳤다.

그런데 주자봉이 팽현중과 오라버니 주형검의 대화를 듣지 못한 듯 골똘하게 생각에 잠겨 있는 모습을 보고 팽현중이 웃으며 말했다.

"삼 사매, 무슨 고민이 있어?"

주자봉에게 말하는 팽현중의 얼굴에는 다정함이 가득해서 누가 보더라도 그가 주자봉을 좋아하고 있음을 알 수 있을 것 같았다.

"아… 뭐라고 말씀하셨어요?"

주자봉에게만은 한없이 너그러운 팽현중은 고개를 가로저으며 미소 지었다.

"별것 아냐."

주형검과 팽현중, 팽소희와 산동공세가의 소가주 공도필이 웃으면서 얘기를 하고 있는데도 맞은편에 나란히 앉은 중년인과 청년은 대화에 끼어들지 못하고 묵묵히 앉아 있었다.

두 사람은 경호장의 장주인 민호관(悶好官)과 아들 민부일(悶夫日)이었다.

두 사람은 비록 이곳 경호장의 주인이지만 광덕왕의 자제들이며 하북팽세가, 산동공세가라는 어마어마한 신분하고 감히 어울리지 못하고 있는 것이다.

그때 주자봉이 오라버니 주형검에게 조심스럽게 말했다.

"오라버니, 꼭 귀풍채를 몰살시켜야만 하나요?"

대화를 하던 중이라 주형검은 건성으로 대답했다.

"당연하지."

주자봉은 아랫배에 힘을 주고 용기를 냈다.

"그렇지만 지나친 처사인 것 같아요."

주형검은 의아한 표정을 지었다.

"뭐가 지나친 처사라는 것이냐?"

주자봉은 입술을 깨물고 나서 또박또박 대답했다.

"귀풍채가 우리를 약탈하려고 했지만 우리들 중에 아무도 다친 사람이 없어요. 그런데도 우리는 그들 사십여 명을 모두 죽였다는 사실을 아시지요?"

주형검은 그녀가 무슨 말을 하려는 것인지 짐작한다는 듯 심드렁하게 고개를 끄떡였다.

"안다."

"그것만으로도 이미 지나친 처사예요. 그런데 오라버니께선 여기에서 멈추지 않고 귀풍채를 몰살시키려고 하시니 그것은 지나치다 못해서 학살이라고 불러야 마땅해요."

주형검은 엄하게 말했다.

"녹림의 수적들은 평상시에 강이나 호수, 운하에서 온갖 노략질을 일삼으며 양민들을 괴롭힌다고 들었다. 그러니 그런 악의 온상을 쓸어버리는 것은 지극히 당연한 일이다. 그놈들을 몰살시킴으로써 많은 사람들이 안심하고 생업에 종사할 수 있을 것이라는 생각은 해보지 않았느냐?"

어느 누가 들어도 주형검의 말 역시 옳았다.

그러나 주자봉은 물러서지 않았다.

"물론 노략질을 하는 것은 악행이고 나쁜 짓이라고 봐요. 하지만 그들을 녹림의 수적으로 만든 것은 몹쓸 가난이라고 생각해요. 굶어 죽지 않으려면, 그리고 생떼 같은 가족들을 돌보기 위해서 어쩔 수 없이 그 길을 선택했을 거예요."

"그만해라."

한 번 작심한 주자봉은 오라버니의 말을 듣지 않았다. 자신의 노력으로 귀풍채 공격을 막을 수 있다면 수백 명의 생명을 구할 수 있다고 믿기 때문이다.

"만약 그들을 따끔하게 충고하고 나서 달리 살아갈 수 있는 길을 마련해 준다면 그들 모두 귀풍채를 떠나 새 삶을 살아갈 것이라고 확신해요."

주자봉은 간절한 표정으로 사람들을 둘러보았다.

"소녀의 말이 틀렸나요? 옳다고 생각하는 사람은 없나요?"

음악과 춤도 멈추고 모두들 조용한 가운데 주자봉을 주시하지만 아무도 그녀가 옳다고 나서는 사람이 없다.

몇 년 동안이나 사형제지간으로 동고동락하면서 주자봉에 대한 연모를 키워온 팽현중조차도 착잡한 표정으로 침묵을 지키고 있다.

팽현중은 심중으로는 백 번이고 천 번이고 주자봉에게 동조하고 싶지만 주형검을 거슬려서 좋을 것이 없기에 인내하고 있는 것이다.

"공주님의 말씀이 옳다고 생각합니다."

그때 조용한 목소리가 가까운 곳에서 들려서 주자봉은 급히 그곳을 쳐다보았다.

방금 그 말은 경호장의 소장주인 이십육 세 민부일의 목소리였다.

그의 말에 주자봉 혼자만 기쁜 표정을 지었고 주형검은 인상을 썼으며, 다른 사람들은 얼굴을 찌푸렸고 민부일의 부친 민호관은 크게 당황해서 어쩔 줄 몰랐다.

"부일아… 너 어째서 그러느냐?"

민부일은 조용한 목소리로 말했다.

"아버지, 소자가 무슨 잘못을 했다고 그리 놀라십니까? 소자는 단지 공주님의 말씀이 지극히 옳아서 옳다고 말씀드렸을 뿐입니다."

주자봉의 말이 옳다는 것을 아는 사람은 많다. 하지만 그 말이 옳다고 말할 용기를 갖고 있는 사람이 민부일 한 사람뿐이었다.

"음… 좋다. 자봉 네 말이 옳다고 하자."

주형검이 노골적으로 기분 나쁘다는 듯한 신음 소리를 내더니 뺨을 씰룩거리면서 말했다.

"그러면 도대체 누가 귀풍채 놈들에게 살아갈 수 있는 다른 길을 마련해 준다는 말이냐? 옛말에 가난은 황제도 구제하지 못한다고 했었다."

"찾아봐야지요."

"내가 알아보니까 귀풍채에는 녹림수적이 삼백여 명이고 가족이 팔백여 명이나 된다더구나. 천 명이 넘는 그들을 도대체 어떻게 먹여 살린다는 말이냐?"

주자봉은 대답을 하지 못했다. 거기까지는 미처 생각하지 못했기 때문이다.

주형검은 유일하게 반기를 든 민부일을 윽박질렀다.

"이봐, 네가 귀풍채를 바른 길로 인도해서 먹여 살릴 생각인 것이냐?"

"……."

민부일은 꿀 먹은 벙어리처럼 아무 말도 하지 못하고 고개를 푹 숙였다.

주형검은 기고만장해서 손바닥으로 탁자를 두드렸다.

탕탕탕!

"하하하! 보다시피 탁상공론은 이처럼 허무한 것이다!"

그때 실내 건너에서 누군가의 나직하면서도 낭랑한 목소리가 들려왔다.

"귀풍채에게 내가 살 길을 열어준다면 어떻겠는가?"

사람들은 일제히 문을 쳐다보았다. 목소리는 문밖에서 들려온 것이다.

스르르…….

문이 열리고 화운룡이 부드러운 미소를 지으면서 천천히 걸어 들어왔다.

모든 사람들의 시선이 화운룡 한 몸에 집중됐다.

그리고 여기저기에서 나직한 탄성이 터졌다.

"아아……."

화운룡이 사람들 앞에 나서면 어김없이 나타나는 반응이며 그의 절세적인 용모와 훤칠한 체격 때문이다.

第六章
광덕왕의 자식들

　화운룡은 천천히 실내를 가로질러 주형검 등이 있는 곳으로 걸어왔으며 그 뒤를 장하문과 운설, 명림, 보진, 반옥, 연림 여섯 명이 따랐다.

　주형검과 팽현중 등은 화운룡이 누군지 모르지만 경호장 소장주인 민부일과 악사와 무희들 중에 몇 사람이 그를 알아보고는 크게 놀라 경악하는 표정을 지었다.

　이 무렵의 비룡공자 화운룡은 태주현뿐만이 아니라 무림에서 매우 유명해졌기 때문에 어디를 가나 그를 알아보는 사람이 많아졌다.

이곳 경호장도 화운룡이 정한 삼백 리 평화지역 내에 있으므로 현재 강소성 남쪽 지방을 완전히 평정한 비룡은월문의 문주 화운룡을 소장주인 민부일이 알아보는 것은 당연했다.

어찌 보면 이 지역에서는 비룡공자 화운룡이 황제보다 더 유명하고 영향력 있는 절대자에 다름 아니다.

민부일은 놀라움을 삼키고서 화운룡에게서 시선을 떼지 않고 지켜보았다.

그가 보기에 화운룡은 소문으로 듣던 것보다 몇 배는 더 준수할 뿐만 아니라 전신에서 은은한 서기 같은 기도가 풍겨서 보는 사람을 저절로 감탄하게 만들었다.

화운룡은 주형검과 주자봉이 있는 탁자의 세 걸음 앞에 멈추고 봄바람처럼 훈훈한 미소를 지으며 말했다.

"내가 귀풍채 사람들 모두를 거두어서 먹고살 길을 열어주려고 하는데 어떻게 생각하는가?"

흐트러진 자세로 앉아 있는 주형검은 생면부지의 화운룡이 처음부터 반말을 찍찍 하자 미간을 잔뜩 찌푸리며 못마땅한 표정을 지었다.

"지금 내게 하는 말이냐?"

화운룡은 고개를 끄떡였다.

"귀풍채를 몰살시키겠다고 호언하는 자에게 하는 말인데 그게 너라면 맞다."

"이놈이 감히!"

"불경이다! 죽여라!"

차차차창!

팽현중과 팽소희, 그리고 옆의 두 탁자에 앉아 있던 하북팽세가의 호위고수들이 일제히 도를 뽑으면서 그 어떤 경고도 없이 화운룡을 공격했다.

쉬쉬쉬이익!

화운룡이 즉시 전음했다.

[죽이지 마라.]

측근들이 반격해서 하북팽세가의 호위고수들을 다 죽일까 봐 미리 제지한 것이다.

아무것도 모르는 무지몽매한 자들을 무조건 죽이는 것만 능사가 아니기 때문이다.

그 순간 반옥이 팽현중과 팽소희, 다섯 명의 호위고수 도합 일곱 명을, 연림이 열 명의 호위고수들을 상대하여 번쩍 검을 뽑아 떨쳤다.

반옥과 연림의 발검과 착검은 번갯불처럼 빨랐다. 발검하는 즉시 한차례 휘두르고는 그대로 검을 검실에 꽂았다.

차차차창! 쩌쩌쩡!

"으윽……."

"크윽……."

타다다다닥! 땅! 땅!

그러나 그 간단한 동작에 의한 결과는 컸다.

팽현중과 팽소희, 십오 명의 고수들이 휘두르던 도 열일곱 자루가 사방으로 날아가서 모조리 벽에 꽂혔다.

도를 전문으로 사용하는 하북팽세가의 도 열일곱 자루는 벽에 꽂혀서 부르르 세차게 떨었다.

그리고 방금 도를 휘둘렀던 열일곱 명 모두 도를 잡았던 손아귀가 찢어져서 철철 피를 흘렸다.

"으으……."

주형검은 두 눈을 찢어질 듯이 부릅떴다. 그는 자신이 일류고수라고 자부하는데도 방금 전에 반옥과 연림이 어떻게 검을 휘둘렀는지 보지도 못했다.

더구나 지척에서 아무런 경고도 없이 무려 열일곱 명이 급습을 가했는데도, 반옥과 연림 달랑 여자 둘이서 슬쩍 손바닥을 뒤집듯이 검을 휘둘러 모두의 손에서 도를 날려 사방 벽과 천장에 꽂아버리는 것으로도 모자라서 그들 모두의 손아귀를 찢었다는 것은 절정고수가 아니고는 절대로 흉내조차도 낼 수 없는 신기였다.

그런 생각은 주형검만이 아니라 모두가 하고 있었기에 피가 흐르는 손아귀를 움켜쥐고 끙끙거리면서도 더 이상 함부로 발작하지 못한 채 숨을 죽이고 있었다.

운설이 낭랑하고도 싸늘하게 말했다.

"한 번만 더 발작하면 모조리 목을 자르겠다."

그녀의 말이 결코 허풍이 아니라는 사실을 방금 전 모두들 똑똑히 경험을 했으므로 그녀의 경고가 아니더라도 절대로 다시 공격하고 싶은 생각이 없었다.

더구나 화운룡 쪽에서는 다들 가만히 있고 반옥과 연림 두 사람이 무려 열일곱 명을 상대했던 것이다.

이미 실력의 차이가 극명하게 드러난 상황에 바보짓을 할 사람은 아무도 없다.

화운룡이 주형검에게 여전히 온화하게 말했다.

"주형검, 너는 내가 한 말을 어떻게 생각하느냐?"

화운룡은 원래 비열한 놈에게는 사람 대접을 하지 않는 편이다. 그는 첫눈에 주형검이 비열하다는 사실을 간파했다.

장하문은 이곳에 오기 전에 비룡은월문 천지당을 통해서 하북팽세가에서 온 청년들의 신분이 무엇인지 알았고 그것을 화운룡에게 보고했다.

주형검은 움찔했고 다른 사람들은 놀라는 표정을 지었다. 화운룡이 주형검이 누군지 정확하게 알고서 반말을 하고 불경을 저지르고 있기 때문이다.

웬만한 일로는 쉽사리 굴하지 않는 주형검은 은은한 분노를 얼굴에 담아 화운룡을 노려보았다.

"내가 누군지 알고서도 무례하다는 것이냐? 네놈은 목숨이 여벌로 몇 개쯤 되는 모양이로군."

"흠… 정확하다. 나는 여벌의 목숨이 꽤 많은 편이다."

화운룡은 민부일 옆 빈 의자에 스스럼없이 앉았다.

그는 맞은편에 앉아서 초롱초롱한 눈으로 자신을 바라보고 있는 주자봉을 보며 미소를 지었다.

"공주, 한 잔 주겠소?"

"아……."

갑작스러운 말에 주자봉은 크게 당황했으나 곧 정신을 수습하고 새 잔에 술을 가득 따라서 두 손으로 공손히 화운룡에게 내밀었다.

"고맙소."

주자봉은 화운룡이 느닷없이 불쑥 나타난 불청객이지만 그의 올바른 언행과 심상치 않은 기도를 보고는 매우 큰 호기심과 호감을 동시에 느꼈다.

화운룡이 천하에 짝을 찾아보기 어려울 정도로 잘생긴 절세기남이라는 사실이 조금 호감을 느끼게 했지만 그보다는 그가 귀풍채 사람들을 다 거두겠다는 말과 주형검에게 추호도 굽히지 않는 당당함이 주자봉의 호기심을 자극했다.

화운룡은 술잔을 입속에 쏟아붓고 나서 다시 주자봉에게 미소 지었다.

"젓가락이 없어서 그러니 이왕이면 안주도 부탁하오."

당사자인 주자봉은 깜짝 놀라고 주형검은 와락 인상을 썼으며, 팽현중은 얼굴이 일그러졌다.

사실 화운룡은 지금 자신의 행동에 적잖이 놀라고 있다. 이러는 것은 한 번 살았던 생의 무적검신이며 십절무황이었던 그로서는 상상조차 할 수 없는 객기이며 만용이다.

그렇지만 지금과 같은 상황에서, 그리고 주자봉을 보고는 속에서 이상한 기운이 꿈틀거리는 것을 참지 못했다.

그것은 십절무황인 그가 아니라 전혀 또 다른 모습의 자신인 것 같았다.

어쩌면 그것은 십절무황 시절에 갈고닦은 수양심하고는 전혀 상관이 없는 젊디젊은 팔팔한 비룡공자 화운룡의 본모습인 것 같았다.

장하문과 운설, 명림은 화운룡의 뜻밖의 행동에 내심 놀라움을 금치 못했다.

그들이 평소에 익히 알고 있는 화운룡하고는 전혀 다른 모습이기 때문이다.

만약 운설이 그저께 생사현관 타통을 했을 때 고양이 기지개 켜는 자세를 하루 종일 하면서 화운룡에게 간접적인 훈육을 당하지 않았더라면 지금 당장 '여보, 무슨 짓이죠?'라고 넌지시 그를 타박했을 것이다.

화운룡은 탁자의 여러 요리 중에서 맛있게 보이는 오리고 기볶음을 턱으로 가리켰다.

"저 요리가 맛있게 보이는군."

모두들 주자봉이 절대로 안주를 화운룡에게 주지 않을 것이라고 확신했다.

먹고 싶은 것이 있으면 그에게 젓가락을 주면서 직접 집어 먹으라고 하면 될 일이다.

그런데 고개를 푹 숙이고 있던 주자봉이 잠시 후 고개를 들더니 화운룡이 가리켰던 오리고기볶음을 젓가락으로 듬뿍 집어서 공손히 그에게 내미는 것이 아닌가.

십절무황이 아닌 젊고 혈기 넘치는 화운룡의 두둑한 배짱과 넉살이 주자봉의 호기심을 조금 더 자극했다는 사실을 사람들은 아무도 몰랐다.

사람들이 다들 크게 놀라는데 주형검과 팽현중은 눈썹이 정수리로 튀어나올 정도로 인상을 썼다.

주자봉은 젓가락을 내밀어 화운룡에게 받으라는 시늉을 했지만 그가 입을 내밀더니 넙죽 받아먹자 깜짝 놀랐다.

"어멋?"

"음, 공주가 직접 입에 넣어주니 더욱 맛있군. 음음……."

화운룡은 맛있게 먹으면서 덕담을 잊지 않았다.

주자봉은 화운룡을 보면서 놀라고도 어이없는 표정을 짓더

니 그의 뻔뻔하면서도 밉지 않은 넉살에 결국 배시시 미소를
짓고 말았다.

주자봉의 미소 짓는 아름다운 모습을 보고 결코 그냥 지나
칠 젊은 화운룡이 아니다.

"호오… 자봉(紫鳳)의 미모가 북경을 떠들썩하게 만든다더
니 과연 허언이 아니로군."

대명황궁에는 두 명의 아리따운 쌍봉(雙鳳)이 있으며 그녀
들이 정현왕의 딸 주옥봉과 광덕왕의 딸 주자봉이라는 사실
을 모르는 사람은 거의 없다.

"자, 애기를 끝내도록 하지."

화운룡은 주형검을 보면서 말을 이었다.

"귀풍채 사람들은 내가 모두 거두고 앞으로는 절대 나쁜 짓
을 하지 않도록 할 테니까 그만 손을 떼는 것이 어떠냐?"

사람들이 자신에게 하대를 하고 또 무례하게 구는 것에 익
숙하지 않은 주형검은 뺨을 씰룩거리다가 억눌린 듯한 목소리
로 물었다.

"너는 누구냐?"

"나는 화운룡이다."

"화운룡?"

주형검은 한 번도 들어본 적이 없는 생소한 이름이라서 눈
살을 찌푸렸다.

그때 민부일이 용기를 내서 조용한 목소리로 설명했다.

"그분은 비룡은월문의 문주인 비룡공자외다."

"아……"

"맙소사……"

그제야 좌중에서 몇 마디 탄성이 흘러나왔다.

현재 무림에서 가장 유명한 인물로 급부상하고 있는 비룡공자 혹은 비룡천자라고 불리는 화운룡을 모른다면 무림인으로서의 자격이 없는 것이다.

이번에 북경을 떠나 장강으로 남하하면서 비룡공자 화운룡에 대해서 귀가 따가울 정도로 많이 들었던 주형검은 더 이상 일그러진 표정을 짓지 않았다. 강한 척하던 놈이 진짜로 강한 자를 만났기 때문이다.

늑대도 못 되는 승냥이가 백수의 왕 호랑이와 마주치면 어떻게 처세를 하겠는가.

지금 주형검의 심정이 그랬다.

조금 전 반옥과 연림에게 손아귀가 찢어져서 아직도 피를 흘리고 있는 팽현중과 팽소희, 십오 명의 호위고수들도 더 이상 아픔이나 분노를 느끼지 못했다.

진짜 호랑이 앞에서 어줍지 않은 재롱을 부리다가 된통 당했다고 생각하기 때문이다. 아직도 목숨이 붙어 있는 것이 다행한 일이다.

주형검 등의 시선이 화운룡에게서 그의 뒤쪽에 나란히 서 있는 다섯 명에게 옮겨갔다.

세상 사람들은 비룡공자의 최측근들이 어떤 인물들로 이루어졌는지도 잘 알고 있다.

뭐라고 해도 비룡공자 화운룡에 대한 소문이 가장 크지만 그의 측근을 이루고 있는 한 사람 한 사람이 하나같이 어마어마한 인물들이라서, 그들에 대한 소문도 끝없이 확대되고 재생산되어 퍼져 나가고 있는 중이다.

그래서 주형검 등은 화운룡 뒤에 서 있는 사람들이 누구일지 조심스럽게 추측을 하고 있는 것이다.

실내에는 고요한 침묵이 흐르고 사람들 얼굴에는 극도의 긴장이 흘렀다.

그때 운설이 고요함을 깨고 메마르게 툴툴 웃었다.

"후후후… 주군의 호법이 되기 전이었다면 네놈들의 그런 눈빛을 보는 것만으로도 당장 목을 잘랐을 것이다."

순간 사람들이 파파팟! 소리가 날 정도로 재빠르게 운설에게서 시선을 거두고 고개를 숙이거나 딴청을 부렸다.

사람들은 운설이 입고 있는 새빨간 혈의와 북풍한설 같은 분위기, 메마른 목소리와 위협만으로 그녀가 무림 최고의 살수 혈영객이라는 사실을 넘치도록 알아보았다.

명림이 안쓰러운 표정을 지었다.

"그만해라, 설아. 너는 사람들이 공포에 질린 모습이 가련하지도 않는 것이냐?"

그리고 방금 자비로운 부처님처럼 혈영객을 꾸짖은 청아한 목소리의 주인이 아미파 장로였던 혜오신니라는 사실을 더불어 깨달았다.

그때 반옥이 화운룡에게 공손히 말했다.

"주군, 한 녀석을 내보내도 되겠습니까?"

화운룡이 고개를 끄떡였다.

"그래라."

반옥이 산동공세가의 소가주 공도필을 보면서 차가운 목소리로 명령하듯 말했다.

"필아, 너는 나가거라."

공도필은 의아한 표정으로 반옥을 바라보았다. 그녀가 자신을 마치 자식이나 조카처럼 불렀기 때문이다.

"이놈아, 너는 어째서 저런 멍청이들과 어울려 여기까지 온 것이냐?"

반옥은 주형검과 팽현중 등을 멍청이라고 일축했다. 그런데도 주형검 등은 함부로 반박하지 못했다.

공도필은 의아한 표정으로 반옥을 쳐다보았다.

"저를 아십니까?"

"네 녀석이 아직도 고모를 못 알아보니 볼기를 맞아야 정신을 차리겠구나!"

"아……."

'고모'와 '볼기를 맞는다'라는 말, 그리고 뒤늦게 반옥의 목소리를 알아들은 공도필은 크게 놀라서 벌떡 일어섰다.

"반 고모님이십니까?"

반옥은 일전에 신풍개에게 말하기를 자신이 개방에 큰돈을 빌려준 것은 산동공세가의 가주 공형기가 보증을 섰기 때문이라고 했었다.

그만큼 반옥과 공형기는 막역한 사이라서 공형기의 자식들은 어렸을 때부터 반옥을 무척 따랐었다.

반옥이 보일 듯 말 듯 미소 지었다.

"이제야 나를 알아보느냐?"

예전에 반옥의 오십 세가 거의 다 된 중년 여인의 모습만 기억하고 있던 공도필은 눈앞의 이십 대가 된 반옥의 아리따운 모습을 보고는 해연히 놀랐다. 몹시 젊어졌지만 분명히 반옥의 모습이 남아 있었다.

*　　　　*　　　　*

"아……! 반 고모님! 어째서 이렇게 젊어지신 겁니까? 소질은 반 고모님을 조금도 알아보지 못했습니다……!"

반옥은 빙그레 미소 지었다.

"내가 반로환동(反老還童)을 한 탓에 네가 알아보지 못한 것이니 네 탓이 아니다."

"아아… 축하드립니다! 반 고모님!"

공도필은 크게 놀라고 또 기뻐하면서 연신 포권을 하고 허리를 굽혔다.

사람들은 반옥이 '반로환동'을 했다는 말에 경악했다. 그런 경지에 도달하려면 최소한 '삼화취정'을 넘어 '오기조원'에 이르러야 가능하기 때문이다.

그렇다면 반옥이 이미 그런 경지에 이르렀다는 뜻이니 그저 경악에 경악을 더할 뿐이다.

사실 공도필이 이들 무리를 따라온 이유는 평소 자신이 연모하는 팽소희 때문이다.

북경에서 남하한 팽현중과 팽소희 일행이 산동에 이르렀을 때 산동의 명문세가 산동공세가에 머물렀는데 그때 공도필더러 같이 남쪽으로 유람하지 않겠느냐고 권했으며, 공도필은 흔쾌히 따라나섰던 것이다.

팽소희가 놀라서 공도필에게 조심스레 물었다.

"필 오라버니, 당신의 고모라는 분은 어떤 분이신가요?"

그녀가 작은 목소리로 물었지만 실내가 워낙 조용한 탓에 모두 들었다.

공도필은 의기양양해서 자랑했다.

"희 매는 소향대수라는 별호를 들어봤소?"

세상천지에 중원오대상단의 으뜸인 대륙상단의 총단주인 '소향대수'를 모르는 얼간이는 없을 것이다.

팽소희는 물론 팽현중과 주형검 등은 감탄 소리도 내지 못할 정도로 놀라서 입에 먼지가 들어가는지도 모르고 입을 크게 벌렸다.

혈영객과 혜오신니를 좌우호법으로, 그리고 대륙상단 총단주인 소향대수를 수하로 거느리고 있는 화운룡이라니, 다들 경악이 극에 달해서 정신이 하나도 없다.

반옥이 공도필에게 눈짓을 했다.

"주군께서 널 용서하실 때 어서 나가라."

공도필은 머뭇거리다가 공손히 말했다.

"희 매를 데리고 나가면 안 되겠습니까?"

공도필은 한 치 앞을 예측할 수 없는 이 상황에서 팽소희를 구하고 싶었다.

반옥이 어쩌지 못하고 화운룡을 쳐다보자 그는 말없이 고개를 끄떡였다.

공도필은 팽소희를 연모하고 있으면서도 그런 사실을 입도 벙긋하지 못했었는데 지금은 어디에서 그런 용기가 생겼는지 그녀의 손을 덥석 잡더니 문으로 이끌었다.

"희 매, 나갑시다."

"아… 필 오라버니."

팽소희는 팽현중과 주형검 등을 쳐다보면서도 공도필의 손을 뿌리치지 않고 밖으로 나갔다.

지금까지 상황을 지켜본 주형검은 비룡공자 화운룡과 적이 돼서는 안 되겠다는 결론을 내렸다.

그걸 넘어서 이런 어마어마한 인물과 어떤 방법으로든지 친교를 맺을 수만 있다면 여러모로 좋을 것이라고 내심 빠르게 주판을 퉁겼다.

아니, '여러모로 좋다'는 간단한 말로는 백분지 일조차 설명이 되지 않는다.

화운룡과 친구가 될 수만 있다면 아직 호랑이의 그림자에도 미치지 못하는 주형검으로서는 장차 호랑이가 될 수 있는 발판이 돼주는 것은 물론이거니와 거기에다 날개까지 달아줄 것이 분명하다.

빠르게 계산을 마친 주형검은 일어나서 화운룡에게 정중히 포권을 하며 가볍게 허리를 굽혔다.

"이제 보니까 근래 춘추십패에 오른 비룡은월문의 문주이신 비룡공자 화 문주셨군요. 몰라보고 결례가 많았소이다. 주형검이 정식으로 인사드리오."

사람들은 갑자기 크게 달라진 주형검의 태도에 적잖이 놀라서 어리둥절했다.

어느 누가 보더라도 이십 세 전후의 화운룡은 주형검보다 서너 살 어려 보이는데도 조금 전까지 기고만장하던 주형검은 깍듯한 경어를 사용했다.

더구나 비룡은월문이 춘추십패가 되어도 손색이 없다고 강소성 남쪽 지방과 안휘성 남쪽 지방에서는 소문이 비등하고 있지만, 무림 전반에 걸친 소문은 아니라서 아직 춘추십패에 올랐다고 할 수는 없는 실정이다.

그런데도 주형검은 비룡은월문이 이미 춘추십패가 된 것처럼 야지랑을 떨었다.

모두들 그걸 모를 리가 없다. 그래서 과연 주형검의 돌변한 태도에 대해서 화운룡이 어떻게 나올 것인지 기대하는 표정으로 그를 주시했다.

화운룡으로서는 주형검이 이렇게 나오는데 일부러 그를 깔아뭉갤 이유가 없다.

화운룡은 일어나서 짐짓 정중하게 마주 포권을 했다.

"화운룡이오."

그래도 주형검에 비해서 조금 덜 깍듯한 자세를 취했다.

"그래서 왕자께선 귀풍채를 용서해 주시겠소?"

화운룡이 대뜸 본론으로 들어가자 주형검은 호탕하게 웃으면서 요란스럽게 손을 내저었다.

"비룡공자께서 그들을 맡아주신다면야 나는 당연히 손을 뗄 것이오."

"고맙소."

어느 모로 보나 이런 상황이 되면 주형검은 귀풍채에서 손을 뗄 수밖에 없는데 그걸 큰 선심을 쓰듯이 말했다.

화운룡은 이제는 볼일이 끝났다는 듯 벌떡 일어나서 문 쪽으로 향했다.

깜짝 놀란 주형검이 급히 그를 쫓아갔다.

"벌써 가시는 것이오?"

이렇게 화운룡을 보내면 안 되기 때문이다. 어떻게든 그와 친교를 맺어야만 한다.

화운룡이 걸음을 멈추고 뒤돌아보았다.

"아직 볼일이 남았소?"

주형검은 자신이 황족이며 왕자이기 때문에 화운룡이 그에 마땅한 대접을 해줘야 한다는 기대는 이미 포기했다. 주형검이 바란다고 해서 해줄 화운룡이 아니라는 것을 알고 지금 상황에 맞는 처세를 하고 있다.

하지만 주형검은 반골(反骨)이다. 화운룡이 자신을 황족으로 대접하지 않더라도 상관이 없다.

이렇게 하더라도 그에게서 얻어낼 것이 무궁무진하다고 믿기 때문이다.

주형검은 주위 사람들이 멋있다고 칭찬하는 특유의 우아한 미소를 지었다.

"보다시피 우리는 이곳 강소성 남쪽 지방과 장강 지역을 두루 유람하고 있는 중인데 비룡공자께서 우리를 비룡은월문에 초대해 주지 않으시겠소?"

주형검은 원하는 것을 손에 넣을 수 있다면 자존심 같은 것은 얼마든지 굽혀도 좋다고 생각하는 사람이다.

그렇지만 비룡은월문에는 정현왕 주천곤의 가족과 옥봉이 있는데 주형검 등을 초대할 수는 없는 일이다.

비룡은월문은 규모가 어마어마하기 때문에 주형검 등을 초대해도 주천곤 가족과 마주칠 일이 없겠지만 화운룡은 도의상 그럴 수 없다는 것이다.

그게 아니더라도 화운룡은 주형검 같은 놈이 밥맛 떨어지기 때문에 초대할 생각이 눈곱만큼도 없다.

화운룡은 애당초 주형검과 주자봉을 인질로 제압해서 광덕왕을 위협한다는 방법 같은 것은 생각하지도 않았다. 그런 비열한 방법을 그는 경멸하는 편이다. 때에 따라서는 그런 방법을 사용할 수도 있겠지만 지금은 아니다.

"그렇게는 안 되겠소."

주형검은 자신이 부탁을 하면 화운룡이 당연히 승낙할 것이라고 생각했다가 일언지하에 거절을 당하자 무안해져서 얼굴이 딱딱하게 굳었다.

그러나 그는 아직은 발톱을 드러내지 않은 채 한 번 더 간곡하게 부탁해 보기로 했다.

"하하하! 춘추십패인 비룡은월문에 가보는 것이 내 소원이었소이다. 이렇게 부탁하오."

그는 두 손을 모아 허리까지 굽혔다.

"안 되는 건 안 되는 것이오."

화운룡은 딱 부러지게 거절하고 문으로 걸어갔다.

화운룡을 쳐다보는 주형검의 얼굴이 보기 싫게 일그러지더니 드디어 폭발하고 말았다.

"네 이놈! 화운룡!"

방금 전까지 고분고분하더니 뜻대로 되지 않으니까 표변하는 것을 보면 그는 과연 소인배다.

그의 단점은 비열하고 교활하다는 것이고, 더 큰 단점은 한번 폭발하면 물불을 가리지 못한다는 것이다.

그리고 항상 자신의 결정이 옳다고 착각하는 최대의 단점을 지니고 있다.

"네놈은 내가 누군지 모르느냐?"

화운룡은 문 앞에서 돌아서 태연하게 말했다.

"광덕왕의 아들 아니냐?"

주형검이 다시 반말을 하기 시작하자 화운룡도 곧바로 반말로 응대했다.

화운룡의 반응이 주형검의 이성을 마비시켰다.

"이놈아! 나는 장차 대명의 황제가 될 몸이다!"

사람들이 크게 놀라고 특히 팽현중은 당황해서 어쩔 줄 몰랐지만 주형검을 말리지는 않았다. 그가 지금처럼 한 번 분노하면 아무도 말릴 수 없기 때문이다.

사실 광덕왕이 당금 황제를 독살하고 다음 대 황제가 될 것이라는 사실은 광덕왕부와 하북팽세가에서는 알 만한 사람들은 다 알고 있는 공공연한 비밀이다.

그런 식으로 광덕왕이 황제에 오르고 나서 세월이 흐르면 자연히 주형검이 황제가 된다는 계산인데 주형검은 화가 치밀어서 막말을 하고 있다.

"오라버니, 그만하세요."

놀란 주자봉이 주형검의 옷자락을 잡고 만류했다.

"비켜라!"

짜악!

"악!"

순간 이미 이성을 잃어 눈에 보이는 것이 없는 주형검이 주자봉의 뺨을 힘껏 후려쳤다.

이때만큼은 화운룡도 가볍게 놀랐다. 설마 주형검이 자신의 여동생을 무지막지하게 때릴 줄은 예상하지 못했다. 그런 걸 보면 주형검이라는 놈은 정말로 돌이킬 수 없는 패륜아인 것 같았다.

주형검이 공력을 실어 갈겼기 때문에 뺨을 맞은 주자봉은 고개가 홱 돌아가고 비명을 지르면서 붕 날아갔다가 화운룡을 뒤따르고 있던 운설이 가볍게 안았다.

눈에 핏발이 곤두선 주형검은 주자봉을 안은 운설에게 바락바락 악을 썼다.

"네 이년! 무엄하게 누굴 안고 있는 것이냐? 당장 그녀를 내려놔라!"

주자봉은 혼절했으며 입과 코에서 피를 흘리고 있는데 얼굴이 창백했다.

운설은 무표정한 얼굴로 주형검을 쳐다보며 말했다.

"여동생을 이 지경으로 만들다니 너는 돌이킬 수 없는 인간 말종이로구나."

"아가리 닥치지 못하겠느냐? 네년이 지금 누구에게 그따위 망발을 지껄이는 것이냐?"

운설은 미간을 찌푸리며 화운룡에게 말했다.

"주군, 제가 저놈을 죽이게 해주세요."

그러나 화운룡이 뭐라고 말하기도 전에 주형검이 운설을 가리키면서 고래고래 악을 썼다.

"뭣들 하느냐? 당장 저년을 죽여라!"

주형검 자신을 비롯하여 여기에 있는 자기 편 모두가 한꺼번에 덤빈다고 해도 혈영객의 일초식조차 받아내지 못하고 떼죽음을 당할 것이라는 사실을 뻔히 알면서도 그는 자기 분을 참지 못했다.

그러나 정신이 말짱한 팽현중이나 하북팽세가의 호위고수들은 운설에게 덤볐다가는 잠시 후에 자신들이 시체로 변할 것이라는 사실을 불을 보듯이 알기에 쭈뼛거리면서 아무도 나서지 않았다.

그런 모습을 보고 더욱 화가 치밀어 얼굴이 새빨개진 주형검은 팽현중을 가리키며 눈을 부라렸다.

"팽현중! 네놈이 감히 내 말을 거역하는 것이냐?"

지금 주형검의 눈에는 사형이고 뭐고 보이지 않았다. 평소에 팽현중을 거지발싸개처럼 여기고 있는 것이 이런 상황에 그대로 드러났다.

팽현중은 쭈뼛거렸다. 왕자인 그의 명령을 거역하는 것도 두렵지만 운설을 공격했다가 허무하게 죽는 것은 더욱 두려운 일이다.

화운룡은 눈살을 찌푸리며 중얼거렸다.

"모두 제압해서 끌고 가자."

그 한마디로 사태는 종결됐다.

얼마 전까지 음악이 흐르고 무희들이 춤을 추면서 주흥이 도도하던 실내에는 바닥에 마혈과 아혈이 제압된 주형검과 팽현중을 비롯한 열일곱 명이 쓰러져 있다.

혈도가 제압되어 꼼짝도 못하는 주형검은 아직도 정신을 차리지 못하고 핏발이 곤두선 눈을 부라리며 목에서 그렁거리는 소리를 내고 있다.

경호장주인 민호관과 민부일은 잔뜩 걱정스러운 표정을 짓고 있었다.

자신의 집에 찾아와서 묵고 있던 주형검과 팽현중 등이 저 지경이 됐으므로 후환이 두렵기 때문이다.

모르긴 해도 오래지 않아서 경호장이 멸문하는 것은 불을 보듯이 뻔한 일이다.

그러나 민부일은 의연한 모습이다.

"걱정하지 마십시오, 아버지. 본 장은 평화지역 내에 있으므로 비룡공자께서 보호해 주실 겁니다."

민호관은 아들의 말을 믿지 않았다.

"비룡은월문은 이곳에서 무려 이백여 리나 멀리 떨어져 있는데 본 장에 무슨 일이 생기면 어느 세월에 우리를 구하러 와준다는 말이냐?"

장하문이 나섰다.

"여기에서 삼십 리 거리의 남경 사해검문과 강 건너 모산파는 비룡은월문 휘하에 있으므로 전서구를 날리면 그들이 화살처럼 달려올 것이오."

"그렇소?"

민부일이 빙그레 미소 지으며 덧붙였다.

"이 근처의 내로라하는 방파와 문파들은 대부분 비룡은월문 휘하이므로 걱정할 것 없습니다, 아버지."

"우리는 비룡은월문 휘하가 아니잖느냐?"

민부일은 민망한 표정을 지었다.

"아버지, 본 장은 비룡은월문 휘하에 들 만큼 이 지역의 유수 문파가 아닙니다."

"그러냐?"

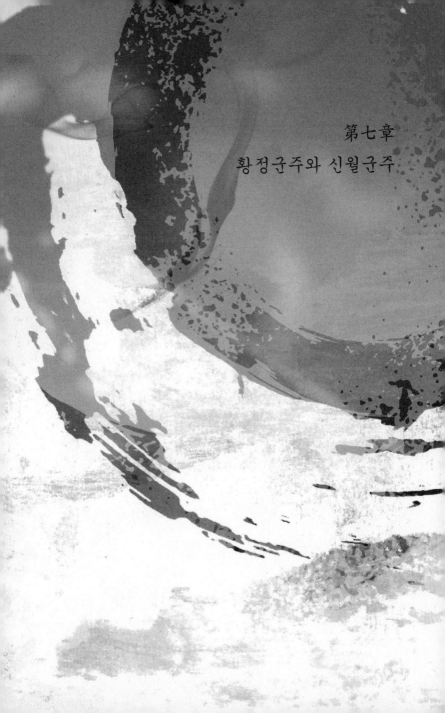

第七章
황정군주와 신월군주

"음⋯⋯."

주자봉은 나직한 신음 소리를 내면서 깨어났다.

그녀는 깨어나는 순간 자신이 오라버니 주형검에게 뺨을 호되게 맞아 정신을 잃었던 기억이 불현듯 되살아나서 오싹 소름이 끼쳤다.

그녀가 두려운 표정으로 눈을 깜빡거리고 있을 때 옆에서 부드러운 소녀의 목소리가 들렸다.

"아! 깨어났군요. 봉자(鳳紫) 언니⋯⋯!"

"아⋯⋯."

주자봉은 화들짝 놀랐다. 세상천지에서 자신을 '봉자'라고 부르는 사람은 오로지 옥봉 한 사람뿐인데 지금 그녀의 목소리가 들릴 리가 없기 때문이다.

누워 있던 주자봉은 급히 상체를 일으키면서 주위를 두리번거리다가 침상 바로 옆 의자에 다소곳이 앉아 있는 옥봉을 발견하고 크게 놀랐다.

"봉옥(鳳玉)아……."

옥봉과 자봉은 사촌지간이지만 아주 어렸을 때부터 친자매처럼 친했다.

언젠가 두 소녀는 자신들의 이름에 똑같이 봉(鳳)이 들어 있어서 장난삼아 거꾸로 부르기 시작했는데 어느덧 그게 굳어버려서 둘이 있을 때는 늘 봉자, 봉옥이라고 불렀다.

자봉은 옥봉을 보고 어떻게 된 영문인지 몰라서 놀라며 커다란 눈을 깜빡거렸다.

"내가 봉옥을 보고 있다니 꿈을 꾸고 있는 것인가……."

자봉은 자신이 오라버니에게 호되게 맞아서 아직 정신을 차리지 못하고 있는 것이라는 생각마저 들었다.

옥봉이 반가운 얼굴로 자봉의 손을 잡았다.

"꿈이 아니에요, 언니. 여긴 소매의 집이에요."

"봉옥 너의 집이라고?"

자봉은 놀랐을 때 눈을 깜빡거리는 습관이 있다.

"그렇다면 내가 북경 정현왕부에 와 있는 거야?"

옥봉은 배시시 미소 지었다.

"아니에요. 여긴 비룡은월문이에요."

비룡은월문이라는 말에 자봉은 반사적으로 비룡공자 화운 룡의 준수한 모습이 떠올랐다.

그리고 그가 처음 보는 자신에게 술을 달라고 하더니 또 집 어준 오리고기를 덥석 받아먹던 개구쟁이 같은 모습이 연달 아 떠올랐다.

"비룡공자의 비룡은월문 말이야?"

"맞아요."

옥봉은 두 살 많은 자봉에게 어렸을 때부터 꼬박꼬박 존대 를 했다.

자봉은 주형검에게 뺨을 호되게 맞아서 얼굴 왼쪽이 온통 시퍼렇게 멍들고 왼쪽 눈에 피멍이 들었으면서도 너무 놀라서 아픈 것도 잊었다.

"어째서 봉옥이 여기에 있는 거지?"

옥봉은 자신이 사실대로 말하면 자봉이 크게 놀라겠지만 친자매와도 같은 그녀에게 거짓말을 할 수는 없으며, 원래 거 짓말 같은 것을 할 줄 모른다. 또한 자봉하고는 원래 비밀이 없었다.

"비룡공자 화운룡이 소매의 남편이에요."

그렇게 말하면서 옥봉은 가슴 뿌듯한 자랑스러움을 느꼈다. 그녀는 이런 말을 가장 친한 자봉에게 하게 될 것이라고는 상상조차 못했다.

자봉은 옥봉의 말을 알아들었지만 그 뜻을 이해하지 못하고 계속 눈을 깜빡거렸다. 그녀가 알고 있는 옥봉이 혼인을 했을 리가 없기 때문이다.

"그게 무슨 소리야?"

자봉은 십구 세인 자신도 어리지만 옥봉은 어린아이나 다름이 없다고 생각하고 있다.

그런 옥봉이 남편 운운하는 것이 재미없는 농담을 하는 것만 같았다.

"저 혼인했어요, 언니. 비룡공자 화운룡이 소매의 남편이라니까요?"

자봉이 아는 바로는 옥봉은 농담을 좋아하지 않는다. 더구나 같은 농담을 두 번이나 반복할 리가 없다. 그렇다면 옥봉의 말은 사실이라는 뜻이다.

"봉옥, 너 정말이구나?"

"정말이에요."

"아아… 봉옥 너……."

자봉은 옥봉의 손을 꼭 잡고 말을 잇지 못했다.

옥봉은 방그레 미소 지었다.

"그러니까 봉자 언니는 아무 걱정하지 말고 언니 집처럼 생각하면서 푹 쉬어요."

"숙부님께선……."

"여기에 같이 계세요. 우리 정현왕부의 가족 모두."

"숙부님과 가족들이 모두……."

"이제는 여기가 우리 가족의 집이에요."

이어서 옥봉은 그간의 일어났던 많은 일들을 정리해서 설명해 주었다.

화운룡은 난감한 표정을 지었다.

그의 앞에는 세 명의 사내가 나란히 무릎을 꿇고 머리를 조아리고 있다.

세 사내는 귀풍채주 염귀도와 적랑채(赤狼寨)의 채주, 잔도채(殘盜寨)의 채주다.

염귀도는 주형검을 비롯한 하북팽세가 고수들을 잘못 건드려서 그들에게 몰살당할 뻔했다가 화운룡 덕분에 기사회생 살아났다.

그뿐만 아니라 화운룡은 귀풍채 삼백여 녹림인들이 살아갈 길을 마련해 주었다.

원래 해룡상단은 일거리가 넘쳐나서 운송하는 일에 사람이 늘 부족했었는데, 귀풍채의 수적선을 상선으로 개조하여 물건을 운송하는 일을 준 것이다.

그러므로 앞으로는 정당하게 일을 해서 버는 돈으로 귀풍채 삼백여 녹림인들이 거느리고 있는 가족 팔백여 명까지 다 먹고살 수 있게 되었다.

귀풍채가 보유하고 있는 수적선이 열다섯 척이며 크게 수리할 곳이 없기 때문에 보름 정도 지나면 본격적으로 운송 일을 할 수 있을 것이다.

사실 그런 일감을 준 것은 장하문이 아니라 옥봉의 이복 오라버니인 주대영과 주화결이다.

그들은 정현왕부의 식솔들과 함께 비룡은월문으로 이주하여 생활하면서 마땅한 할 일을 찾다가 옥봉의 권유로 해룡상단의 업무를 배우게 됐는데, 뜻밖에도 그들 형제는 상술에 탁월한 재능을 지니고 있었다.

주대영과 주화결 형제는 옥봉의 오라버니이며 왕자라는 신분도 있지만 탁월한 상술적 재능 덕분에 지난 반년 동안 승승장구하여 현재는 해룡상단에서 서열 사 위와 오 위에 들 정도로 승급을 한 상태다.

화운룡은 주대영과 주화결에 대한 장하문의 보고를 듣고 장차 그들 형제에게 해룡상단과 대륙상단을 맡겨도 좋을 것이라는 생각이 들었다.

어쨌든 해룡상단의 중요한 업무를 거의 도맡아서 하고 있는 주대영 주화결 형제가 귀풍채 일을 아주 간단하게 처리해 버린 것이다.

그랬는데 귀풍채의 소문을 들은 또 다른 녹림구련의 적랑채와 잔도채의 채주가 화운룡을 찾아와서 자신들도 거두어 달라고 애걸복걸하고 있는 중이다.

적랑채주와 잔도채주는 계속 이마를 바닥에 쿵쿵 찧으면서 애원했다.

"무슨 일이라도 시켜만 주신다면 목숨을 걸고서라도 하겠습니다… 제발 굽어 살펴주십시오, 문주……!"

"저희들이나 가족들은 이제 수적질이라면 신물이 납니다. 더구나 수적질도 예전 같지 않습니다. 이러다간 모두 굶어 죽고 말 겁니다요……!"

화운룡 옆에 서 있는 장하문이 꾸짖듯 발을 굴렀다.

쿵!

"이놈들아! 그건 너희들 사정이지 여기에 와서 생떼를 쓰면 다 들어줄 것 같더냐?"

채주들은 깜짝 놀랐지만 고개를 들지 않았다.

"염귀도, 너는 어째서 이들하고 같이 애원하고 있는 것이냐? 귀풍채 일은 다 해결되지 않았더냐? 그러니 너는 당장 일어나서 가라."

염귀도는 고개를 들고 간절한 표정으로 말했다.

"군사님, 사실 이들도 저와 비슷한 처지입니다. 당장 몰살을 당하지 않는다 뿐이지 먹을 것이 없어서 하나둘씩 굶어 죽고 말 것입니다."

지켜보고 있던 화운룡이 결정을 내렸다.

"하룡, 이놈들에게 적당한 무술을 잘 가르쳐서 상단의 운송무사로 쓰도록 해라."

장하문은 공손히 허리를 굽혔다.

"명을 받듭니다."

"대신 규율을 엄격하게 정해서 하나라도 어기는 놈은 가차 없이 내쫓아라."

"알겠습니다."

녹림에서 오랜 세월 동안 수적 노릇을 하던 자들이라 어중이떠중이들이 우글거릴 것이므로 규율이 매우 엄격해야만 다룰 수 있을 것이다. 퇴경정용(槌輕釘聳), 망치가 가벼우면 못이 솟구치는 법이다.

이렇게 되니까 결과적으로 녹림구련 중에 여섯 곳은 태극신궁 휘하에 들어갔으며 나머지 세 개는 비룡은월문 휘하에 들게 되었다.

다른 것이 있다면, 태극신궁은 녹림구련 여섯 곳을 소모품으로 쓰다가 버리겠지만, 비룡은월문은 귀풍채와 적랑채, 잔도채를 동료로 받아들였다는 사실이다.

화운룡은 운룡재 연무장에서 용신들에게 무공을 가르치고 나서 삼 층으로 올라와 호법대의 제자 열두 명에게는 그들에게 적합한 무공을 가르쳤다.

용신들과 호법대의 소년, 소녀들은 공력과 나이의 바탕이 차이가 있기 때문에 배우는 무공도 달라야 한다.

이후 운설과 명림이 공동으로 사용하고 있는 연무장에서 그녀들에게 또 다른 무공을 가르쳤다.

생사현관이 타통된 운설의 공력이 급증하여 이백삼십 년이 되었으며, 명림은 이백사십 년이기 때문에 그녀들에게는 용신들이 배우는 것보다 한 단계 더 높은 초절무공을 가르치는 것이 좋을 듯했다.

화운룡은 담담한 표정으로 우뚝 서서 천천히 오른손을 내밀며 말했다.

"이것은 조화천룡수(造化天龍手)라는 수법이다."

운설과 명림은 미래에 화운룡이 신의 무공이라는 조화천룡수를 전개하는 광경을 여러 차례 봤으므로 그 말을 듣고 아연 긴장했다.

그는 손으로 전면 삼 장 거리에 세워져 있는 여러 개의 철봉 중에 하나를 가리키며 물었다.

"너희들 검강을 발출하면 얼마나 뻗어가느냐?"

"저는 오 장이에요."

"저는 육 장이에요."

운설과 명림이 대답하자 화운룡이 다시 물었다.

"검강으로 할 수 있는 것이 뭐지?"

"자르고 찌르는 것이죠."

화운룡은 오른손을 앞으로 쭉 뻗었다가 슬쩍 잡아당기는 시늉을 해보였다.

우둑…….

그러자 바닥에 세워진 길이 여섯 자에 팔뚝 굵기의 강철봉 중간 부분이 엿가락처럼 휘어져 반 바퀴 돌더니 윗부분이 이쪽을 가리키게 되었다.

"아……."

화운룡의 손이 닿지도 않았는데 삼 장이라는 먼 거리의 굵은 강철봉을 휘어버린 것이다.

운설과 명림이 놀라서 탄성을 터뜨릴 때 화운룡의 오른손이 다시 한번 슬쩍 원을 그렸다.

구우우…….

그러자 강철봉 끝이 마치 밧줄처럼 휘어지면서 매듭이 묶여지는 것이 아닌가.

화운룡이 손을 거두자 강철봉에는 두 개의 매듭이 깔끔하게 묶여져 있었다.

"맙소사……."

"어떻게 저게 가능해요?"

화운룡이 짧게 말했다.

"조화천룡수는 무형강기(無形罡氣) 수법이다."

그는 말을 마치자 다시 강철봉을 향해 손을 뻗어 허공을 자르는 동작을 해 보였다.

서걱… 스응… 서걱…….

쇠끼리 서로 긁는 듯한 소리가 나는가 싶더니 강철봉이 손가락 한마디 길이로 떡을 썰 듯이 켜켜이 잘려서 바닥에 떨어졌다.

그뿐만이 아니다.

쑤우…….

강철봉이 단단한 청석으로 만든 바닥에서 쑥 뽑혀서 허공으로 떠올랐다.

운설과 명림은 아예 넋이 빠진 듯한 얼굴로 눈도 깜빡이지 않은 채 보고 있다.

예전에 화운룡이 실전에서 조화천룡수를 전개하는 것을 여러 번 보았지만 지금처럼 설명을 곁들여서 차근차근 하나씩 보여주는 것은 처음이다.

어떻게 보면 이것은 마치 허공섭물의 상승수법처럼 보이기도 하지만 그것과는 전혀 다르다.

허공섭물은 공력을 발출하여 허공을 격해서 멀리에 있는 물체를 끌어당기거나 다른 위치로 옮기는 것이지 이것처럼 강철봉을 꼬아서 묶거나 도막도막 자르지는 않는다.

슥……

그런데 이번에는 화운룡이 오른손을 내렸다. 두 손을 다 늘어뜨리고 있는데도 강철봉은 바닥에서 두 자 높이 허공에 가로로 눕혀져서 정지해 있다.

다음 순간 강철봉에서 단단한 소리가 한꺼번에 터졌다.

땅! 땅! 땅! 땅!

운설과 명림은 눈을 부릅떴다.

강철봉에서 콩알 크기의 동그란 환 모양 다섯 개가 뾱뾱 튀어나간 것이다.

말하자면 강력하면서도 가느다란 지공(指功)을 발출하여 강철봉을 가로로 맞춰서 콩알 크기의 환들이 튀어나가게 한 것 같은 광경이다. 그리고 다섯 개의 환들은 튀어나가서 허공중에 일렬로 나란히 떠 있다.

그렇지만 화운룡이 두 손을 늘어뜨린 채 아무 동작도 취하지 않은 것을 운설과 명림은 똑똑히 보았다.

"무극영강(無極靈罡)이로군요!"

무극영강은 심공(心功)인 동시에 심강(心罡)이다. 그렇기 때문에 손을 사용하지 않고 마음만 먹으면 표적을 마음대로 요리할 수 있다.

"맙소사! 공력을 회복하신 건가요?"

화운룡은 담담한 얼굴로 고개를 끄떡였다.

"사부님께서 당신의 공력을 내게 주시고 돌아가셨다."

"아아……."

운설과 명림은 운류선에서 솔천사가 화운룡에게 공력을 주입할 당시에 그 자리에 있었으므로 화운룡의 말을 듣는 즉시 어떻게 된 일인지 알아차렸다.

그 당시에 솔천사가 어깨에 손을 얹고 화운룡을 제팔대 천성제로 임명하겠다고 말하자마자 섬광이 번쩍이면서 화운룡이 뒤로 날아가 나동그라졌다.

화운룡에 대해서 누구보다도 잘 알고 있는 운설과 명림은 솔천사로부터 일방적으로 공력을 주입받고 또 제팔대 천성제로 임명된 화운룡의 지금 심정이 어떨지 충분히 짐작했다.

화운룡은 다시 한번 살게 된 이번 생에서는 가족과 측근들하고만 편안하게 살고 싶은데 솔천사가 그를 제팔대 천성제로 덜컥 임명했기 때문에 어떤 결정을 내리지 못하고 지금 속이 착잡할 것이다.

그래서 운설과 명림은 거기에 대해서는 아무런 말도 하지 않았다.

　　　　　*　　　　　*　　　　　*

　분명히 마음이 착잡할 텐데도 화운룡은 여느 때처럼 밝은
목소리로 말했다.

　"자, 내가 너희들에게 가르칠 것은 조화천룡수다."

　화운룡의 말에 운설과 명림은 깜짝 놀랐다.

　"조화천룡수는 천중인계의 독문절학이잖아요!"

　"당신 미쳤어요? 그걸 우리에게 전수하다니."

　화운룡더러 미쳤느냐고 말한 운설의 엉덩이를 화운룡을 대
신해서 명림이 철썩 때렸다.

　그러지 않았으면 운설은 화운룡에게 더 혼났을 것이다.

　운설은 엉덩이를 쓰다듬으며 소리 없이 헤헤! 하고 웃었다.
그녀는 오로지 화운룡과 명림에게만 아이처럼 굴었다.

　화운룡은 조용히 말했다.

　"본래 무공이란 어느 일개인 소유가 아니다. 그렇다고 해서
아무에게나 전수하는 것도 아니다. 배울 자격과 준비가 되어
있는 사람에게 가르친다."

　운설이 으스댔다.

　"우린 자격이 있다는 거로군요."

　"그렇다."

　명림은 운설이 저러다가 화운룡의 심기를 건드릴까 봐 조마

조마해서 한마디 거들었다.

"그 자격을 주군께서 만들어주신 거야."

"맞아요."

"너희가 조화천룡수를 배운다고 해서 천중인계나 사신천가 사람이 된다는 뜻은 아니다."

운설이 거들먹거렸다.

"우리가 무극사신공을 배우면 천중인계 사람이죠 뭐, 별거 있나요?"

운설은 모르지만 섬세한 명림은 화운룡이 이번에도 참고 넘겼다는 것을 알아차렸다.

"조화천룡수는 체내에서 공력을 강기로 변환시킨 후에 손을 통해서 발출하는 것이다."

"별로 어렵지 않을 것 같군요."

매우 어려울 것이라고 지레 겁을 먹는 명림하고는 달리 운설은 자신만만했다.

"조화천룡수를 다 배우고 나면 무극영강을 전수하겠다."

"그럴 것 없이 아예 무극영강을 가르쳐 주세요."

운설은 건방짐의 극을 달리고 있다.

결국 운설은 무극영강은커녕 조화천룡수조차도 배우지 못하게 되고 말았다.

운설이 시건방지게 굴어서 화운룡이 화가 났기 때문이 아니라 지난번 명림 때처럼 운설의 체질이 신공을 배울 수 없는 심법체질이기 때문이다.

그래서 결국 조화천룡수는 명림 혼자 배우게 되었다.

운설이 조화천룡수를 배우기 위해서 신공체질이 되려면 지난번 명림처럼 생사현관 타통에 맞먹는 추궁과혈수법을 해야 하는데 화운룡은 바빠서 그럴 시간이 없었다.

운설은 화운룡의 꽁무니를 졸졸 따라다니면서 신공체질로 변환시켜 달라고 애원을 했다.

그럴 때의 그녀는 절대로 건방지지 않았다.

                    *   *   *

두 부류의 무림고수들이 태주현에 들어왔다.

한 부류는 귀신조차 모르게 감쪽같이 잠입했으며, 또 한 부류는 변장을 한 모습으로 몰려 들어왔는데 비룡은월문 천지당의 촉수에 걸려들었다.

변장을 한 부류는 사람들의 이목이 성가셨기 때문이지 굳이 비룡은월문의 눈을 속이려는 것은 아니었다.

그들은 비룡은월문을 멸문시키려고 왔기 때문에 무서울 것이 없는 상태다.

태주현에서 제일 큰 객점에 다섯 명이 투숙했으며 그들은 다섯 개의 큰 객방을 빌려서 거칠 것 없이 행동했다.

그들은 겉모습을 장사꾼으로 변장을 했지만 행동거지로 봤을 때 절대 장사꾼이 아니다.

현재 그들은 이틀째 태주현 내에 머물면서 할 일 없이 빈둥거리고 있다.

하지만 실제로는 할 일 없이 빈둥거리는 것이 아니라 쉴 새 없이 객점을 들락거리는 수하들의 보고를 받고 그것들을 분석하고 있는 중이다.

태주현은 일 년 전에 비해 현이 세 배 이상 커졌으며 인구는 다섯 배, 현의 규모는 일곱 배 비대해졌다.

일개 현인 태주현이 성(城)인 남경만큼 커진 이유는 오로지 비룡은월문이 태주현에 뿌리를 내리고 있기 때문이다.

그리고 태주현에 원래부터 살았거나 새로 유입된 사람의 절반 이상이 비룡은월문과 해룡상단의 일을 직간접적으로 하면서 생계를 유지하고 있다.

장사꾼으로 변장한 무리의 우두머리인 두 명과 측근 세 명 도합 다섯 명은 오늘 밤에는 기루로 자리를 옮겼다.

그들이 묵고 있는 객점도, 술을 마시려고 자리를 옮긴 기루도 해룡상단 소유지만 그들은 모르고 있다.

그래서 자신들이 나누는 대화가 고스란히 천지당 귀에 들어가고 있다는 사실을 당연히 모를 수밖에 없다.

"흠, 비룡은월문에 대한 소문은 다 과장된 것입니다."

형비는 사형인 호우종(鎬雰宗)에게 두 손으로 술을 따르면서 얼굴을 찌푸리며 말했다.

형비는 강소성 제일방파이며 춘추구패 중에 하나인 통천방 패군의 다섯 명의 제자 중 다섯째 막내다. 그리고 호우종은 넷째 제자이며 신분은 신월군주(新月君主)라고 한다.

황정군주 형비는 일전에 사부 통천방주 즉, 통천패군(通天覇君)의 명령을 받고 통천방 고수 천이백 명을 이끌고 제남의 은한천궁을 멸문시켰다.

그는 은한천궁을 멸문시키는 과정에 통천 고수 사백여 명을 잃었지만 은한천궁을 거의 괴멸시켰으므로 성공적이었다고 할 수 있다.

형비는 그것으로 만족하지 않고 남은 통천 고수 팔백여 명을 이끌고 도주하는 은한천궁 궁주 백청명을 비롯한 생존자들을 추격했다.

그런데 느닷없이 비룡은월문과 살수 조직인 혈영단 혈영 고수들이 나타나서 방해를 했다.

아니, 처음에는 방해라고 여겼었는데 결국 비룡은월문과 혈영 고수들에게 통천 고수 팔백여 명을 대부분 잃고 형비는 부

상까지 당해서 도주하여 간신히 목숨을 건져야만 했던 뼈아

픈 일이 있었다.

형비의 왼쪽 뺨에는 손가락 두 마디 정도의 길게 찢어진 흉

터와 목의 옆 부위에도 깊고 길게 패인 흉터가 보기 흉하게

남아 있다.

비룡공자 화운룡의 지풍에 설맞아서 생긴 흉터다. 까딱했

으면 얼굴과 목에 구멍이 뚫려 죽을 뻔했다.

이번에 형비가 태주현에 온 이유는 화운룡과 비룡은월문에

복수를 하기 위해서다.

형비는 이번에 단단한 결심을 하고 사형인 호우종을 설득해

서 데리고 왔다.

형비와 호우종 둘이 사정하고 애원을 해서 통천패군이 비

룡은월문을 멸문시키는 것을 최종 승낙했다.

형비와 호우종 두 사람은 통천방에서 최정예고수 이백 명

만을 데리고 왔다. 하지만 그들만으로 비룡은월문을 멸문시키

려는 것이 아니다.

통천방은 강소성 전역에 이십오 개의 지부와 팔십여 개의

분타를 거느리고 있다.

그중에서 강소성 남쪽 지방에 있는 일곱 개 지부에서 각

백 명씩의 고수와 삼십 개 분타에서 삼십 명씩의 고수를 선발

해서 태주현으로 보내라고 명령을 해두었다.

그렇게 해서 선발된 도합 천팔백 명의 고수들이 현재 태주현 외곽에 집결해 있는 상황이다.

형비는 천육백 명으로 비룡은월문을 멸문시키고도 남을 것이라고 확신했다.

그런데 태주현에 도착해서 머문 이틀 동안 수하들이 수집한 정보에 의하면 비룡은월문의 위세가 예상했던 것 이상으로 막강하다는 것이다.

사해검문과 모산파, 황산파, 은한천궁, 호북연세가 등 무림에서도 내로라하는 쟁쟁한 문파들이 합세했으며, 무림 최강의 살수 조직인 혈영단도 가세를 했다는 것이다.

"그게 아닌 것 같다."

신월군주 호우종은 술을 마실 생각도 하지 않고 진지한 표정으로 고개를 가로저었다.

"이틀 동안 수집한 정보들을 종합해 본 결과는 이렇다."

"사형, 그것들은 전부……."

호우종은 손을 들어 형비의 불만 섞인 항의를 제지하고는 말을 이었다.

"소문으로나 우리가 수집한 정보로나 비룡은월문은 춘추십패의 반열에 들 정도로 막강하다. 우리 통천방하고 정면으로 대결을 해도 될 정도일 것 같다."

형비는 어이없는 표정을 지었다.

"그건 말도 안 됩니다. 비룡은월문은 시골 구석의 삼류문파인데 본 방에 비교를 하다니요."

호우종은 정색을 했다.

"시골 구석의 삼류문파인 비룡은월문에 쟁쟁한 사해검문과 모산파, 황산파, 은한천궁, 그리고 호북연세가까지 모조리 복속을 했다는 것이냐?"

"……."

"그건 어떻게 설명을 할 테냐?"

형비는 말문이 막혔다.

무슨 수를 써서라도 복수를 하려고 드는 형비와는 달리 호우종은 냉철했다.

"복수를 하고 싶다면 다른 방법을 생각해 보자. 비룡은월문을 정면으로 공격하는 것은 불가하다."

형비는 연거푸 술을 들이켰다.

"다른 방법이 뭐가 있겠습니까?"

그는 빈 잔에 술을 따르지 않고 가만히 앉아 있는 기녀에게 버럭 화를 냈다.

"이년아! 네년은 술을 따를 줄도 모르느냐?"

"아……."

실내에는 형비와 호우종, 그리고 두 사람의 측근 세 명이 술을 마시고 있으며 그들 곁에 다섯 명의 아리따운 기녀들이 앉아 있었다.

사실 이곳 농월루(弄月樓)는 해룡상단에서 운영하는 기루인데 형비와 호우종이 비룡은월문을 공격한다느니 비룡공자에게 복수를 한다느니 살벌한 대화를 하자 기녀들이 크게 놀라서 얼이 빠져 있었다.

그녀들은 해룡상단이 비룡은월문 소유라는 사실을 잘 알고 있으며, 또한 비룡공자를 태양처럼 존경하고 있기 때문에 그런 대화를 듣고 놀라지 않을 수가 없었다.

형비가 호통을 치자 깜짝 놀란 기녀는 술을 따르다가 겁을 먹은 탓에 형비의 손에 술을 흘렸다.

"이년이?"

퍽!

"악!"

호우종과의 대화에서 이미 심기가 뒤틀릴 대로 뒤틀려 있던 형비는 와락 인상을 쓰더니 발로 기녀의 여린 가슴팍을 그대로 걷어찼다.

기녀는 실내를 가로질러서 허공을 날아 맞은편 벽에 호되게 부딪쳤다가 바닥에 떨어졌는데 일어나지 못하고 몸을 바들바들 떨고 있다.

"연풍(軟風)아!"

다른 기녀 네 명이 쓰러져 있는 기녀 연풍에게 우르르 달려가면서 비명을 질렀다.

그걸 보고 형비는 오냐, 잘 걸렸다는 표정을 지었다.

"이년들 보소?"

그는 벌떡 일어서며 버럭 소리를 질렀다.

"야! 여기 루주 불러와라!"

그러고는 쓰러져 있는 연풍 주위에 모여 있는 기녀들을 향해 걸어가더니 한 기녀의 머리를 커다란 손으로 덥석 움켜잡고 들어 올렸다.

"네년들까지 날 우습게 여기는 거냐?"

"사제, 그만해라."

호우종이 말렸으나 형비는 듣지 않았다.

그때 문이 벌컥 열렸다.

형비와 호우종이 쳐다보니 긴 치마를 입은 이십오 세가량의 젊은 여자가 천천히 안으로 들어오는데 눈이 번쩍 뜨일 정도로 미인이다.

형비가 기녀의 머리를 잡고 들어 올린 채 여자에게 물었다.

"네가 이곳 루주냐?"

"그 아이를 내려놔라."

"뭐어?"

여자가 대뜸 명령조로 하대를 하자 형비는 뜨악한 표정을 짓더니 어이없는 듯 실소를 흘렸다.

"나한테 한 소리냐?"

"지금 그 아이를 내려놓으면 목숨은 건질 수 있다."

형비는 기가 막힌다는 표정을 지었다.

"뭐 저런 정신 나간 년이 다 있어?"

여자가 형비에게 손을 뻗는데 그녀 뒤에서 조용한 목소리가 들렸다.

"죽이진 마라."

여자, 반옥이 손을 뻗자 아무런 기척도 없이 항룡지가 발출되어 빛처럼 쏘아갔다.

투우……

퍽!

"악!"

항룡지가 기녀의 머리를 잡고 있는 오른손 팔꿈치 윗부분을 관통했다.

형비가 눈을 휘둥그렇게 뜨고 자신의 오른팔을 쳐다보는 중에 팔이 투두둑… 소리를 내더니 떨어져 나갔다.

관통된 구멍이 큰 데다 기녀의 무게를 견디지 못하고 팔이 찢어진 것이다.

쿵!

형비는 바닥에 퍼질러 앉은 기녀의 머리를 아직도 잡고 있는 자신의 오른팔을 넋 나간 얼굴로 쳐다보다가 갑자기 제정신을 차리고 혼비백산했다.

"으악!"

호우종과 세 명의 측근들이 벌떡 일어나는 것과 동시에 반옥에게 덮쳐가려는데 반옥 뒤쪽에서 한 사내가 바람처럼 튀어나왔다.

"내가 처리하지."

그는 주룡 공천, 즉 몽개인데 반옥의 곁을 스쳐 지나며 양손을 활짝 펼쳐 여러 줄기의 항룡지를 소나기처럼 쏟아냈다.

투하악!

퍼퍼퍼퍼퍽!

"끅!"

"커흑……!"

단 일초식의 항룡지에 호우종을 비롯한 네 명이 급소에 둔탁하게 항룡지를 적중당하고는 썩은 짚단처럼 그 자리에 풀썩풀썩 쓰러졌다.

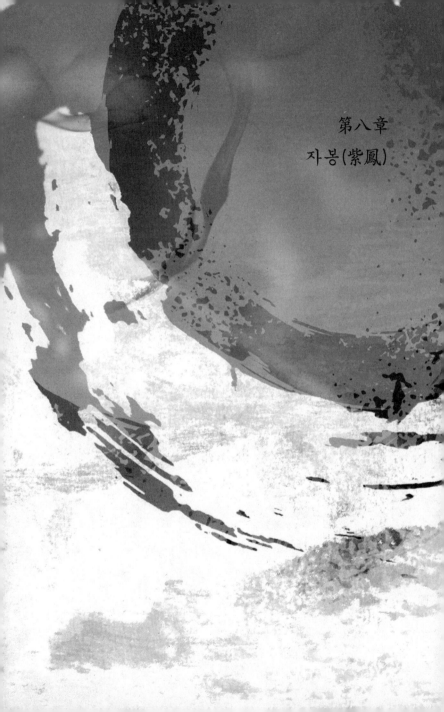

第八章

자봉(紫鳳)

반옥이 몽개를 보면서 방긋 미소 지었다.

"고마워요, 몽 오라버니."

몽개는 멋쩍게 벌쭉 웃었다.

"천만에, 옥 매."

반옥은 두 살 많은 몽개를 '몽 오라버니'라고 부르고, 몽개는 '옥 매'라고 부르는데 서로 깊은 호감을 갖고 있다.

십팔룡신에서 사십 대인 반옥과 몽개, 창천 세 사람은 서로 죽이 맞아서 잘 어울렸으며 그중에서도 반옥과 몽개는 눈에 띄게 친밀했다.

보진에게 두 사람이 사귀는 것 같다는 말을 들은 화운룡이 이번에는 두 사람을 데리고 나온 것이다.

같은 용신끼리 연인이 되고 나중에 혼인까지 하게 된다면 더할 나위 없이 좋은 일이다. 그런 것은 화운룡이 적극 추천하는 바이다.

반옥은 발길에 걷어차여서 혼절한 연풍에게 다가가 살펴보다가 손목을 잡고 부드러운 진기를 주입했다.

그녀가 봤을 당시 연풍은 충격으로 혼절했을 뿐이지 다행히 중상을 입지 않았다.

반옥이 어렸을 때 지독한 가난 때문에 항주의 기루에 동기로 팔려 왔을 때 원종이 우연히 그녀를 발견하여 구해주지 않았더라면, 그녀는 기녀로 살다가 지금쯤 병들어서 만신창이가 된 몸을 부여안고 신음하든가 아니면 벌써 죽었을지도 모르는 일이다.

자신이 은자 몇 푼에 동기로 팔렸었기 때문에 반옥은 거대한 대륙상단을 운영하면서도 아랫사람들을 알뜰하게 챙겼으며 특히 기녀들은 더욱 신경을 써서 많은 도움을 주었다.

저벅저벅…….

화운룡이 운설과 명림의 호위를 받으면서 천천히 실내로 걸어 들어와 조금 전 형비가 앉았던 의자에 앉았다.

몽개는 오른팔이 잘린 형비와 호우종, 세 명의 측근 다섯 명을 실내 복판에 일렬로 무릎 꿇렸다.

형비와 호우종 등은 혈도가 제압된 것이 아닌데도 시키는 대로 무릎을 꿇고 앉아서 가만히 있었다.

반옥과 몽개의 놀라운 무위를 실제로 겪었으며 그들이 자신들보다 몇 단계 위의 절정고수라는 사실을 깨달았기에 잠자코 있는 것이다.

지금 같은 상황에서 날뛰는 것은 죽여달라고 애원하는 것이나 다름이 없는 일이다.

더욱 웃기는 것은 형비와 호우종 등은 상대가 누군지, 그리고 이유도 모른 채 당했다는 사실이다. 그런 것들이 두려움이 되어 그들을 복종시켰다.

호우종과 세 명의 측근은 몽개의 항룡지에 급소를 딱 한 군데 찔렸을 뿐인데 숨을 쉬는 것조차 힘겨울 정도로 고통스럽고 도무지 공력을 모을 수가 없었다.

화운룡이 형비에게 조용한 목소리로 물었다.

"나를 모르겠느냐?"

극도로 황폐한 정신 상태인 형비는 어디에선가 본 것 같은 화운룡을 감히 똑바로 쳐다보지 못하고 힐끗거리다가 한순간 소스라치게 놀랐다.

"으헛!"

형비는 팔이 떨어져 나간 것보다 더 큰 경악에 눈을 찢어질

듯이 부릅떴다.

"으으… 너… 너는… 비룡공자……."

화운룡 옆에 시립해 있던 몽개가 엄하게 꾸짖었다.

"말을 가려서 하지 않으면 혀를 뽑겠다."

형비는 너무도 경악한 탓에 뒤로 풀썩 퍼질러 앉아서 귀신을 본 것 같은 표정을 지었다.

그는 화운룡이 자신을 직접 찾아올 줄은 꿈에도 예상하지 못했었다.

호우종과 세 명의 측근이라고 별다르지 않았다. 그들은 자신들이 복수를 하려고 별렀던 비룡공자가 제 발로 찾아올 줄은 예상하지 못했고, 더구나 그의 수하에게 변변히 반항조차 못하고 고스란히 당할 줄은 더더욱 몰랐다.

형비와 호우종은 자신들이 변장을 했으며 그토록 조심했는데도 발각이 되어 이 지경이 됐다는 사실이 억울했다.

사실 장하문은 천지당 내당의 자세한 보고를 접하고서도 태주 현 내의 객점에 묵고 있는 자들이 형비와 호우종일 줄은 모르고 있었다.

천지당이 보고한 내용은 태주현 내에 장사치로 변장한 다섯 명이 들어왔는데, 꽤 많은 수하들을 시켜서 비룡은월문과 비룡공자에 대한 정보를 수집하고 있다는 것과 태주현 외곽에 정체 모를 고수들이 속속 운집하고 있으며 그 수가 천여 명에 이른다는 것이었다.

그래서 장하문은 그것을 화운룡에게 보고했고 화운룡이 몸소 확인을 하러 온 것이다.

화운룡은 형비와 호우종의 목적이 자신을 죽이고 비룡은월문을 멸문시키는 것이며, 그러기 위해서 통천방 강소성 남쪽 지방의 지부들과 분타들의 고수들을 태주현 외곽에 집결시켰다는 사실을 알게 되었다.

그런 것들을 알아내려고 형비와 호우종을 고문하거나 위협을 가하지도 않았는데 겁에 질리고 자포자기 상태에 빠진 그들은 묻는 대로 술술 다 털어놓았다.

화운룡은 이번 일을 그냥 넘기지 않겠다고 마음먹었다.

통천방이 천외신계와 손을 잡았든지 아니면 천외신계에 장악되거나 광덕왕하고 어둠의 거래를 한다는 것들에 대해서는 전혀 관심이 없다.

문제는 어째서 가만히 있는 비룡은월문을 왜 자꾸만 건드리느냐는 것이다.

태주현 외곽에 집결해 있거나 현재도 집결하고 있는 중인 통천방 지부와 분타의 고수들에 대해서는 아예 추호도 신경 쓰지 않았다.

지휘자인 형비와 호우종을 제압했으니 그들이라고 별수가

없을 것이다.

설사 그들이 공격을 해온다고 해도 그딴 오합지졸로는 비룡은월문의 상대가 되지 못하고 전멸하고 말 것이다.

정심원(淨心院)은 비룡은월문의 뇌옥이다.

이곳은 삼라만상대진의 종점인 지하뇌옥의 지상에 지어진 전각이다.

지하뇌옥하고는 달리 정심원은 지상 삼 층의 매우 크고 잘 지어진 전각이며 주위에는 호수와 운하들이 빙 둘러싼 그윽한 풍광이다.

비룡은월문의 동쪽 끝에 위치한 정심원에서 나가는 방법은 동쪽과 서쪽의 운하에 걸쳐진 운교를 건너는 것뿐인데 그곳에는 두 명씩의 호옥 무사가 지키고 있다.

그러니 운교를 건너지 않으면 호수와 운하를 헤엄쳐서 건너야 하는데 무공이 폐지된 몸으로는 불가능한 일이다.

단지 그것뿐이다. 정심원 입구나 전각 내 어디에도 고수나 무사의 모습은 보이지 않는다.

그저 정심원에 있는 자들의 식사와 치료, 잡일 따위를 하기 위한 하녀와 하인, 숙수, 의원 등 이십여 명이 상주하고 있는 것이 전부다.

또한 정심원에 있는 죄수들은 감금되어 있지 않고 정심원

내부와 외부를 자유롭게 활보할 수 있다. 최소한의 자유가 주어졌다는 뜻이다.

그렇게 할 수 있는 것은 정심원에 있는 죄수 전부가 일시적으로 무공이 폐지됐기 때문이다.

특수한 점혈 수법에 의해서 일시적으로 무공이 폐지되었기 때문에 보통 사람이나 다름없는 상태다.

화운룡이 운설과 명림을 데리고 정심원에 왔다.

형비는 정심원 일 층에 있는 의방에서 치료를 받고 있는 중이고, 호우종이 그 옆을 지켰다.

기루 농월루에서 오른팔이 잘린 이후부터 형비는 눈에 띄게 말수가 적어졌다.

그러는 가장 큰 이유는 자신이 그때까지 생각하고 있던 삼류문파 수준의 비룡은월문이 갑자기 너무나도 거대하게 여겨졌기 때문이다.

올해 삼십이 세인 형비는 나이에 비해서 매우 높은 백이십년의 공력과 사부 통천패군에게 배운 막강한 무공으로 무장하고 있다.

평소에 그는 자신이 무림의 백무신과 비슷한 수준이라고 자부하며 기고만장했다.

그런 그가 화운룡의 수하에게 너무도 간단하게 오른팔이

잘려 버렸다.

그의 오른팔을 자른 젊은 여자는 화운룡의 심복 수하가 아닌 것 같았다.

심복 수하는 화운룡 좌우에 있던 두 명의 여자이며 그녀들은 훨씬 더 고강할 것이다.

한마디로 화운룡의 측근이라는 자들은 하나같이 절정고수 수준이며 형비보다 몇 단계나 더 고수가 분명했다.

형비는 우물 안의 개구리였다. 어줍지 않은 쥐꼬리 같은 실력을 갖고는 세상천지에 자신의 적수는 없는 양 방약무도하게 거들먹거렸다.

그걸 생각하면 한없이 수치스럽기도 하고 또한 자신의 팔을 잘라 평생 병신으로 만든 걸 생각하면 화운룡에 대해서 걷잡을 수 없는 분노가 치밀었다.

말이 없기는 호우종도 마찬가지다. 그 역시 형비와 비슷한 기분을 느끼고 있다.

그는 어제 하늘 밖의 하늘 즉, 천외천(天外天)을 본 것 같은 기분이었다. 그가 본 천외천은 화운룡이었다.

형비의 치료가 길어지고 있다. 어젯밤에 이곳 정심원에 끌려온 이후 세 번째 치료인데 한 번 치료할 때마다 한 시진 이상 잡아먹었다.

잘린 팔을 간단하게 지혈하고 약을 바른 후에는 천으로 칭

칭 감아놓으면 될 일인데도 의원은 여간 꼼꼼하게 치료를 하는 게 아니다.

척!

그때 문이 열렸는데 형비는 누워서 치료를 받느라 눈을 감고 있으며, 호우종은 깊은 생각에 잠겨 있느라 누가 들어오는지 쳐다보지 않았다.

의원 역시 치료에 몰두해 있는 데다 이곳에는 다른 몇 명의 환자들이 여러 개의 침상에 누워 있으며 의녀들이 들락거리기 때문에 문이 열리거나 닫혀도 무신경해진다.

마침 환자를 돌보고 밖으로 나가려고 하던 의녀가 우두커니 서 있는 화운룡과 운설, 명림을 발견하고는 소스라치게 놀라서 다급히 예를 취하려는 것을 화운룡이 손을 들어 그러지 말라고 했다.

이윽고 일각쯤 지난 후에 의원이 형비의 치료를 마치고 허리를 펴며 고개를 들다가 화운룡을 발견하고 화들짝 놀라 벌떡 일어섰다.

"아! 문주께서 오셨습니까?"

그 말에 형비와 호우종은 움찔하며 화운룡을 쳐다보았다.

설마 했는데 화운룡이 운설, 명림과 나란히 서 있는 것을 발견한 형비와 호우종은 놀라서 튕기듯 일어섰다.

화운룡이 의원에게 물었다.

"치료는 끝났나?"

"네. 문주께서 명하신 대로 상처 부위를 혈맥과 근육, 뼈 위주로 깔끔하게 정리했습니다."

형비와 호우종은 각기 복잡한 표정으로 화운룡을 주시할 뿐 아무 말도 하지 않았다.

두 사람의 복잡한 심정을 단적으로 말하자면 형비는 분노이고 호우종은 경외심(敬畏心)이다.

호우종이 사부 통천패군 외의 타인에게 경외심을 느끼는 것은 화운룡이 처음이다.

화운룡이 손에 쥐고 있는 흰 천에 싸인 길쭉한 물체를 의원에게 내밀었다.

"이걸 맞춰보게."

비룡은월문에는 의료를 총괄하는 호민원이라는 조직이 있으며 지금 여기에 있는 의원은 호민원의 원주이고 의술이 매우 뛰어나다. 그는 특별히 화운룡의 명령으로 형비의 팔을 치료하고 있었다.

호민원주가 화운룡이 내밀 길쭉한 물건을 받아서 조심스럽게 헝겊을 풀었다.

그러자 거기에서 나온 것은 누르스름한 색을 띠고 있는 하나의 팔이다.

팔이라는 것은 사람의 몸에 붙어 있어야 자연스럽게 보이는 법인데 따로 떨어져 있으면 괴기스럽기 짝이 없는 흉측한 모습이다.

형비는 처음에는 무심하게 그 팔을 보다가 잠시 후 그것이 자신의 팔이라는 사실을 깨닫고 움찔 놀랐다.

그런데 의원 호민원주가 그 팔을 자신의 잘린 오른팔에 갖다 대는 걸 보고 얼굴을 찌푸리며 몸을 뒤로 뺐다.

"무슨 짓이냐?"

"누우시오. 팔을 붙여주려는 것이오."

"……."

형비는 움찔하더니 점점 얼굴이 일그러졌다. 한 번 잘려 나간 팔을 도로 붙여주다니 팔 병신이 된 놈한테 사기를 치는 것인지 뭔지 화가 치밀었다.

"이런 정말……."

타타탁…….

"음……."

호민원주가 간단하게 혼혈을 제압하자 형비는 낮은 신음과 함께 침상에 축 늘어졌다.

호우종이 옆에서 지켜보니까 형비의 몸통에 붙어 있는 오른팔 상처 부위와 잘린 오른팔의 상처 부위는 깨끗하게 손질이 되어 있었다.

손질이 됐다는 얘기는 칼로 예리하게 잘랐다는 것이 아니라 떨어져 나간 원형을 그대로 보존한 상태에서 특수한 약초의 액으로 정갈하게 닦고 지혈을 시켰으며 핏줄과 안으로 말려 올라간 힘줄을 끄집어내서 잘 묶어두었다는 뜻이다.

호우종은 한 번 잘려 나간 팔을 다시 붙인다는 말은 들어본 적이 없었다.

그러기는 호민원주도 마찬가지다. 하지만 그는 화운룡의 화타를 능가하는 신적인 의술을 잘 알기에, 그러면 가능할지도 모른다는 생각으로 시키는 대로 했다.

호민원주가 떨어져 나간 팔을 몸통의 팔에 갖다 대서 맞추고 있을 때 화운룡이 넌지시 지시했다.

"끊어진 뼈와 근육, 혈맥과 힘줄은 같은 위치에 대놓기만 하게. 연결은 내가 할 테니까."

"알겠습니다."

호우종은 도대체 어떻게 하려는 것인지 갈피를 잡지 못하고 얼굴을 찌푸렸다.

*   *   *

반시진쯤 후에 호민원주가 땀을 뻘뻘 흘리면서 허리를 펴더니 화운룡에게 공손히 허리를 굽혔다.

"말씀하신 대로 다 했습니다."

"수고했네."

"별말씀을……."

화운룡은 호민원주가 일어난 의자에 앉아서 형비의 팔을 붙인 부위를 살펴보았다.

"잘했군."

팔꿈치에서 세 치쯤 위에 각전 크기의 구멍이 뚫렸는데 그 것은 반옥의 항룡지에 관통된 부위다.

호우종은 반신반의하는 표정으로 화운룡에게서 시선을 떼지 않았다.

그는 내심으로 만약 화운룡이 이 말도 안 되는, 즉 사람들이 기적이라고 부르게 될 일을 해낸다면 그를 존경하게 될지도 모른다는 생각이 들었다.

하지만 화운룡이 성공할 것이라는 생각보다는 무슨 꼼수를 부리고 있을지도 모른다는 의심이 지배적이다. 그 정도로 이 일은 말도 안 되는 일이다.

슥…….

화운룡이 팔의 이어진 부위를 두 손으로 감싸듯이 덮어서 부드럽게 잡았다.

스우우…….

잠시 후 그의 손이 은은한 금광으로 반투명하게 변하면서 그의 손과 형비의 팔 사이에서 수증기인지 연기인지 모를 뿌연 기체가 흐릿하게 뿜어졌다.

'뭐지, 저건······?'

호우종은 눈을 부릅뜨며 의아한 표정을 가득 떠올렸다.

운설과 명림은 미래에 화운룡이 측근들의 절단된 몸 부위를 접합하거나 터져 나간 복부나 찢어진 장기 따위를 복원할 때 지금처럼 명천신기(命天神氣)를 상처에 주입하여 치료하는 모습을 여러 번 보았었지만, 볼 때마다 신기해서 눈을 떼지 못하고 있다.

화운룡은 그 상태로 일각가량 미동도 하지 않은 채 가만히 있었다.

명천신기라는 것은 그의 공력을 명천신의학에서 정한 특수한 치료 수법의 진기로 전환한 것을 말한다.

명천신기는 잘리거나 찢어진 상처 부위를 접합하는 놀라운 능력을 지니고 있다.

기적을 일으킨다면 바로 명천신기의 능력이다.

반시진 후에 화운룡이 형비에게서 손을 떼고 일어섰다.

화운룡은 조금도 힘든 것 같지 않은 얼굴로 여기에 왔을 때처럼 몸을 돌려 문으로 걸어갔다.

호우종은 형비의 팔을 보았지만 단지 붙어 있는 것 같을 뿐이지 성공을 했는지 어떤지 알 수가 없다.

"성공했소?"

화운룡이 걸음을 멈추고 돌아보았다.

"저놈이 깨어나면 알게 될 것이다."

"어째서 사제를 치료해 준 것이오?"

호우종은 복잡한 표정으로 그를 바라보면서 말을 이었다.

"우리에게 무엇을 바라지 마시오. 우린 사부님을 배신하지 않을 것이고 이적 행위를 할 수 없소."

"흠."

화운룡은 뒷짐을 지고 조용한 목소리로 말했다.

"너한테 묻겠다. 통천방은 무슨 이유로 은한천궁을 멸문시켰느냐?"

"그것은……."

평소 냉정하고 이성적인 호우종은 화운룡이 뜬금없는 질문을 했기 때문에 대답을 못 하는 것이 아니라, 통천방이 은한천궁을 멸문시킨 일을 옳지 않은 일이었다고 생각했기 때문에 정곡을 찔렸다.

화운룡의 질문이 이어졌다.

"은한천궁이 사파나 마도거나 아니면 산동성에서 해악한 무리였더냐?"

조용한 목소리지만 날카로운 비수 같았다. 이런 질문을 형비에게 한다면 되지도 않은 맹목적인 충성심과 무지함으로 말도 안 되는 포악을 떨겠지만 다소 이성적인 호우종은 달랐다. 그는 화운룡의 질문에 대답할 말을 찾지 못하고 착잡한 표정만 지었다.

"그런데도 통천방은 은한천문을 공격하여 수백 명을 처참하게 죽이고 멸문을 시켰다."

호우종은 그러지 않으려고 했는데 자꾸 갈증이 느껴지고 고개가 숙여졌다.

"은한천궁의 궁주는 나와 막역한 사이라서 내가 그를 구하러 갔었고, 그를 추적하여 몰살시키려고 하는 형비와 통천 고수들과 싸워서 물리쳤으며, 은한천궁의 생존자들을 본 문으로 데려왔다. 자, 이것은 어떠냐? 인간의 도리를 행한 내가 잘못한 것이냐?"

생사 위기에 처한 막역한 지인을 구한 화운룡을 잘못했다고 욕한다면 부처님도 욕을 먹어야 할 것이다. 호우종은 부처님이 잘못했다는 생각은 해본 적이 없었다.

"그랬었는데 저기 있는 형비라는 놈이 복수를 하겠다면서 고수들을 이끌고 태주현에 들어왔으며 통천방주는 그것을 허락했다. 그리고 너는 그것에 협력하려고 같이 왔다."

화운룡의 말에 의하면, 아니, 그의 말을 듣고 호우종은 형비와 통천방주가 똑같이 후안무치하다는 생각이 들어 부끄러움이 파도처럼 엄습해서 고개를 들지 못했다.

아마 태어나서 이렇게 지독한 부끄러움을 느끼는 것은 처음일 것이다.

"묻겠다. 만약 그런 상황이 너에게 닥쳤다면 어떻게 대처하겠느냐?"

조금 전까지 호우종은 제법 큰 가시에 정곡이 찔렸는데 지금은 커다란 창으로 정곡이 찔렸다. 그런데 이상하게도 왼쪽 가슴 부위 심장이 무지하게 아팠다.

어쩌면 정곡이라는 놈의 또 다른 이름이 심장일지도 모른다는 생각이 들었다.

호우종은 한참 동안이나 아무 말도 하지 못했고 화운룡은 묵묵히 기다렸다.

호우종은 무슨 대답이든 해야만 할 상황에 놓였다. 이윽고 그는 억눌린 듯한 목소리로 겨우 입을 열었다.

"나였다면 은한천궁을 멸문시키지 않았을 것이오."

그는 자신이 비룡공자에게 사부이며 통천방주의 뜻에 반하는 이런 식의 말을 하게 될 줄은 예상하지 못했다.

"그리고 형비 사제의 설득에 동요해서 이곳에 따라온 것도 잘못이오."

그는 일어나서 정중하게 고개를 숙였다.

"미안하오."

화운룡은 호우종이 사내답게 사과하는 것을 보고는 생각

을 조금 바꾸었다. 그렇다고 해서 결과가 바뀔 것이라고 예상하지 않았다.

"내가 저놈의 팔을 왜 붙여주었는지 궁금했느냐?"

"그렇소."

화운룡은 혼혈이 제압되어 누워 있는 형비를 쳐다보았다.

"무림인에게 있어서 가장 큰 절망은 무공을 폐지하는 것과 신체가 훼손되는 것이다."

"그렇소."

"너희들의 무공은 일시적으로 폐지한 것이므로 언제라도 회복시켜 줄 수 있다."

호우종은 언제라도 무공을 회복시켜 줄 수 있지만 그렇지 않을 수도 있다는 뜻으로 알아들었다.

"내가 너희들을 죽일 땐 죽이더라도 저놈의 팔을 다시 붙여주는 간단한 일 정도는 해주고 싶었다."

호우종은 고개를 갸웃거렸다.

"이해하기 어렵소."

참다못한 운설이 차갑게 말했다.

"주군께선 저 못난 놈의 명예를 지켜주시려는 것이다."

"아……."

"저따위 놈에게도 명예라는 것이 있다면 말이지."

화운룡 일행이 나가는 줄도 모르는 채 호우종은 큰 충격을 받은 얼굴로 우두커니 서 있었다.

"명예라는 것인가⋯⋯."

그는 오늘 명예라는 것에 대해서 새롭게 배웠다.

화운룡이 정심원에서 형비의 팔을 붙여주고 오느라 점심식사가 조금 늦어졌다.

그런데 옥봉이 자봉을 데리고 식당에 들어왔다.

화운룡은 앉아 있고 장하문과 운설, 명림이 벌떡 일어나서 옥봉에게 예를 취했다.

"주모를 뵈옵니다."

"앉으세요."

옥봉은 자봉의 손을 잡고 화운룡 옆으로 미소를 지으며 사뿐사뿐 다가왔다.

사실 화운룡은 평소에 옥봉에게서 자봉에 대한 얘기를 많이 들어서 두 소녀가 친자매 이상으로 친하다는 사실을 잘 알고 있었다.

자봉은 부끄럽고 쑥스러워서 자꾸만 몸을 틀면서 화운룡을 외면하려고 했다.

오라버니인 주형검에게 뺨을 맞아서 얼굴이 형편없는 몰골이 됐기 때문이다.

옥봉이 화운룡 옆에 와서는 특유의 고운 미소를 지으며 부탁했다.

"용공, 언니의 얼굴이 많이 상했는데 회복시켜 주세요."

"그러지."

옥봉이 자꾸만 뒷걸음치는 자봉을 화운룡 왼쪽에 앉히고 자신은 오른쪽에 앉았다.

"언니 얼굴이 어제보다 더 심해졌어요."

화운룡이 고개를 푹 숙이고 있는 자봉에게 부드럽게 말했다.

"처형, 얼굴 좀 봅시다."

'처형'이라는 말에 자봉의 몸이 움찔 떨렸다. 그녀는 태어나서 '처형'이라는 말을 처음 들었다. 그렇지만 여전히 고개를 들지는 않았다.

슥……

"어디 봅시다."

"아……."

화운룡이 두 손을 뻗어 얼굴을 잡고 들어 올리자 자봉은 화들짝 놀랐다.

화운룡이 두 손으로 양쪽 뺨을 붙잡았기 때문에 자봉은 움직이지도 얼굴을 돌리거나 빼지도 못했다.

놀란 자봉은 눈을 크게 뜨고 화운룡을 보다가 눈이 마주치자 크게 당황하여 시선을 둘 곳이 없어서 눈동자가 이리저리 돌아다녔다.

현재의 화운룡은 그동안 옥봉과 생활을 하면서 장난이 많이 늘어 있었다.

그가 장난을 치면 옥봉이 자지러질 정도로 놀라거나 재미있어 하기 때문이다.

그러면서 그는 장난이 점차 늘었으며 언제부터인가는 자신이 장난을 매우 좋아하며 천부적인 재능이 있다는 사실을 깨닫게 되었다.

그런 그가 지금과 같은 절호의 기회를 놓칠 리가 없다.

그는 두 손에 살짝 힘을 줘서 자봉의 얼굴을 찌그러뜨려 입술을 새의 부리처럼 뾰족하게 만들었다.

"오오……."

자봉은 더욱 놀라서 눈을 더 크게 뜨고 뭐라고 말하는데 뾰족하게 된 입술이 새가 모이를 먹는 것처럼 움직였으며 무슨 말인지 알아들을 수가 없다.

깜짝 놀란 옥봉은 화운룡을 만류해야 한다는 사실을 알면서도 그러지 못하고 손으로 입을 가리고 웃었다.

"아하하하! 그게 뭐예요?"

장하문과 운설, 명림도 자봉의 귀엽고 우스꽝스러운 모습을 보고 참지 못하고 웃음을 터뜨렸다.

그렇지만 자봉이 눈물을 흘리는 것을 보고 옥봉은 화운룡에게 부탁했다.

"용공, 언니를 그만 골리세요."

"흠, 그렇다면 내가 원하는 호칭으로 불러주지 않겠어?"

옥봉은 화운룡이 '여보'라고 불러주는 것을 좋아한다는 사실을 알고 있다.

단둘이 있을 때라든지 사랑을 나눌 때는 그가 원하지 않아도 '여보'라고 부르지만 지금처럼 여럿이 있을 때에는 한 번도 불러본 적이 없는 옥봉이다.

하녀들이 요리를 차리면서 자봉의 얼굴을 보고는 소리 죽여 킥킥거리며 웃었다.

옥봉이 머뭇거리자 운설이 태연하게 말했다.

"여보, 그만하세요."

그것은 마치 운설이 아내로서 화운룡에게 한 말 같아서 모두의 시선이 그녀에게 집중됐다.

장하문이나 명림은 운설이 평소에도 걸핏하면 화운룡을 '여보'라고 부르는 것을 자주 들었다. 물론 옥봉이 없는 곳에서 말이다.

그렇지만 옥봉이 있는 자리에서는 절대로 부르지 말아야 할 호칭이다.

운설은 빙긋 웃으며 옥봉에게 말했다.

"이런 식으로 하시면 됩니다, 주모."

장하문과 명림은 남몰래 가슴을 쓸어내렸다.

그러나 순진한 옥봉은 운설에게 고맙다는 눈짓을 하고는 용기를 내서 화운룡에게 말했다.

"여… 여보, 그만하세요."

화운룡은 벙긋 미소 짓고는 손으로 자봉의 눈물을 닦아주면서 얼굴을 한차례 쓰다듬고는 손을 뗐다.

옥봉은 자봉을 보다가 깜짝 놀랐다.

"아… 언니, 얼굴이 다 나았어요."

자봉은 조금 전까지만 해도 얼굴 왼쪽이 온통 시퍼렇게 멍투성이였으며 눈에도 피멍이 들었다.

그런데 지금은 그런 것들이 언제 그랬냐는 듯이 사라졌으며 본래의 더할 수 없이 아름다운 미모가 나타났다.

옥봉은 하녀에게 경자(鏡子: 거울)를 갖고 오라고 하여 자봉에게 보여주었다.

"보세요, 언니."

"아…….."

자봉은 거울에 비친 자신의 얼굴이 말끔하게 나은 것을 확인하고는 놀라는 표정으로 화운룡을 바라보았다.

"어떻게 하신 거예요?"

"어떻게 했는지 궁금하오?"

화운룡이 두 손으로 또다시 양쪽 뺨을 감싸려고 내밀자 자봉은 깜짝 놀라서 얼굴을 뒤로 피하면서 앙증맞게 작은 주먹으로 그의 가슴을 탁 때렸다.

"그만하세요, 장난꾸러기."

그랬다가 자봉은 자신이 화운룡을 때렸다는 사실에 깜짝 놀라서 눈을 크게 떴다.

옥봉이 미소 지으며 그녀를 위로했다.

"괜찮아요, 봉자 언니. 용공과 일각 동안만 같이 있으면 나도 모르게 장난을 치게 된다니까요?"

자봉은 낯을 많이 가리는 편이고 누군가와 친해지려면 매우 오랜 세월이 걸리는데 화운룡은 왠지 친근해서 잠시 동안에 무방비 상태가 되는 것 같았다.

"그런데 정말 어떻게 하신 거예요?"

슥······.

화운룡은 오른손 손바닥을 펼쳐 보였다. 그의 손바닥은 검붉게 변해 있었다.

그가 빈 그릇에 손가락을 아래로 하여 손을 세우자 손가락 끝에서 주르르 하고 검붉은 피가 흘러나오고 나서 손바닥은 깨끗해졌다.

반면에 빈 그릇에는 절반 정도 검게 죽은 핏물이 고여 있어서 굳이 말로 설명하지 않아도 어떻게 된 일인지 자봉은 알 수 있었다.

그런데 놀라운 일이 벌어졌다.

스으으……

그릇에 있던 핏물이 저절로 위로 솟구치더니 화운룡의 손가락을 타고 스며들었다.

화운룡은 검붉은 핏물에 물든 손바닥을 자봉에게 내밀면서 빙그레 웃었다.

"다시 넣어줄 수도 있소."

"싫어요."

자봉은 두 손으로 자신의 얼굴을 감싸면서 질색했다.

자봉은 화운룡을 만난 지 반각도 지나지 않아서 무장해제되고 말았다.

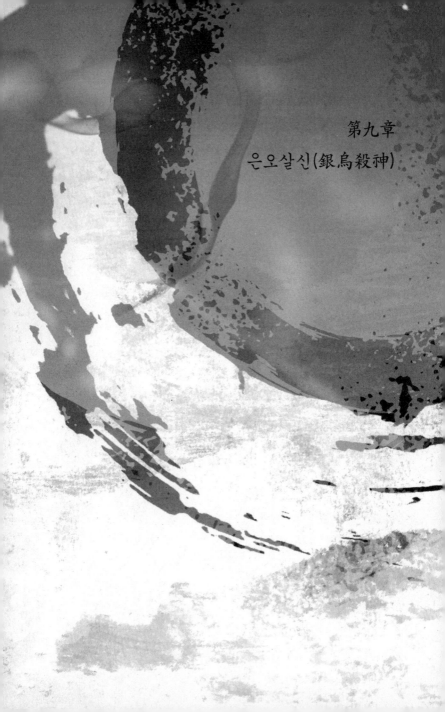

第九章
은오살신(銀烏殺神)

　식사를 하면서 자봉이 조용히 말했다.

　"저는 아무것도 몰랐었는데 봉옥이 자세히 설명을 해줘서 사실을 알게 되었어요."

　옥봉은 어제 자봉에게 그녀의 부친 광덕왕이 저지른 일에 대해서 자세히 설명해 주었다.

　광덕왕이 북경 정현왕부를 급습하여 옥봉을 비롯한 정현왕부 사람들이 남쪽으로 도주한 일과 이후 광덕왕이 황궁의 동창고수들을 보내고 태사해문과 통천방을 사주하여 주천곤과 가족들을 죽이려고 해서 숱한 고생과 죽을 고비를 넘겼던 일들을 자세히 설명했다.

그런 줄은 까맣게 모르고 있었던 자봉은 정현왕부가 텅 비어버리고 옥봉하고는 아예 연락 자체가 되지 않아서 속만 태우고 있었다는 것이다.

"저는 비룡은월문에 와서 숙부님과 친지들을 만나보고서야 봉옥의 말이 사실이라는 것을 알았어요."

자봉은 처연한 표정을 지었다.

"아버지께선 왜 그러시는지 모르겠어요. 대체 황위가 무엇이고 권력이 무엇이라고……."

식사가 거의 끝나갈 무렵 자봉은 차분한 모습으로 화운룡에게 물었다.

"화 공자는 장차 어떻게 하실 건가요?"

화운룡이 너스레를 떨었다.

"제부라고 부르면 대답하겠소."

자봉은 깜짝 놀랐다가 곱게 그를 흘겨주었다. 그렇지만 맹세하건대 그녀는 이날까지 남자를 이런 식으로 흘겨준 적이 한 번도 없었다.

청초하면서 고아한 아름다움을 지닌 자봉이 곱게 눈을 흘기자 맞은편의 장하문은 물론이고 심지어 운설과 명림까지 가슴이 설렐 정도다.

"피가 좋군요."

그런데 운설이 뜬금없이 툭 내뱉자 명림이 의아한 표정을 지었다.

"무슨 뜻이지?"

운설은 시큰둥하게 말했다.

"주모님이나 저기 자봉 공주님이나 아름다운 거 좀 보세요. 같은 핏줄이라서 그런 거잖아요."

운설이 자신의 생각을 거침없이 말했지만 다들 그녀의 말에 십분 공감했다.

옥봉과 자봉은 둘이 매우 닮았으며 절세미모를 지녔다는 점에서도 같았다.

운설이 갑자기 하녀에게 술을 가져오라고 시키고 나서 툴툴거렸다.

"예전에는 제가 대단한 미녀인 줄 알았었는데 여기 와서 주모를 뵙고 나서는 이 얼굴로는 주모의 하녀 노릇을 할 자격도 안 된다는 걸 알았다고요."

"그만해요, 설 언니."

"저거 보세요. 하늘 같으신 주모께서 저 같은 걸 언니라고 부르시잖아요. 얼굴만 예쁘신 게 아니라 마음까지 비단결 같으시니 역시 저 같은 것은……."

운설은 짐짓 머리를 쓸어안고 고개를 흔들며 절망하는 동작을 취했다.

옥봉은 운설을 다루는 법을 알고 있다.

"좌호법님."

옥봉이 지위를 부르자 운설은 움찔 놀라서 들고 있던 술잔을 내려놓고 몸을 꼿꼿하게 펴며 힘차게 대답했다.

"넵!"

옥봉은 조용하고 차분한 목소리로 말했다.

"그만하세요."

"죄송합니다."

가만히 고개를 숙이고 있던 자봉이 화운룡에게 말했다.

"제부, 앞으로 어떻게 하실 건가요?"

기어코 자봉에게서 '제부' 소리를 들은 화운룡은 빙그레 미소 지었다.

"내가 광덕왕을 어떻게 할 것인지 궁금한 것이오?"

그는 옥봉의 백부이며 자봉의 아버지를 그냥 '광덕왕'이라고 호칭했다.

광덕왕이 정현왕부와 주천곤 가족에게 한 짓을 생각하면 욕을 해도 시원치 않을 화운룡이다. 그리고 자봉은 그런 사실을 알기에 전혀 기분 나쁘지 않았다.

"그래요."

"그가 대명의 황제가 되려고 하든지 무슨 짓을 하더라도 상관하지 않겠소. 그렇지만 내 가족과 측근들, 그리고 비룡은월문과 내가 정한 삼백 리 평화지역을 건드린다면 용서하지 않을 것이오."

자봉은 잠시 입술을 깨물면서 뭔가 망설이는 듯하다가 어렵사리 입을 열었다.

"아버지께선 대명의 황제가 되려고 천외신계라는 곳과 손을 잡은 것 같아요."

"알고 있소."

자봉은 깜짝 놀랐다.

"알고 계셨나요?"

화운룡이 묵묵히 고개를 끄떡이는 것을 보고 자봉은 착잡한 표정으로 말했다.

"천외신계가 어떤 곳인지는 잘 모르고 있지만 무림계를 장악하려는 야욕을 품고 있는 것 같아요. 그래서 아버지와 협력하여 천외신계는 무림계를 장악하고 아버지는 대명을 차지하려는 것이지요."

"그게 아니오."

자봉은 의아한 표정을 지었다.

"제가 잘못 알고 있는 건가요?"

"그렇소. 천외신계의 목적은 무림계가 아니라 천하요."

자봉은 깜짝 놀랐다.

"천하라는 것은……."

화운룡의 얼굴이 약간 굳어졌다.

"하늘 아래 모든 것이오."

자봉은 가슴에 비수가 꽂힌 것 같은 표정을 지었다.

"대명까지 말인가요?"

"당연하오."

"아……."

자봉은 자신에게 겁을 주기 위해서, 아니면 장난을 하려고 화운룡이 그런 말을 한 것이 아니라고 생각했다.

지금 그의 얼굴은 조금 전에 장난과 농담을 하던 그런 얼굴이 아니다.

식사가 끝나자 화운룡이 장하문에게 지시했다.

"자네가 처형에게 설명해 주게."

"알겠습니다."

호우종은 깊은 생각에 잠겨 있다가 형비가 깨어나는 신음 소리를 들었다.

"으음……."

호우종은 화운룡에 대해서 깊이 몰두해 있던 생각을 떨쳐버리고 형비가 누워 있는 침상으로 급히 다가갔다.

"사제, 깨어났느냐?"

형비는 눈을 껌뻑거리다가 호우종을 발견하고 상체를 벌떡 일으켜 앉았다.

"사형……!"

"괜찮으냐?"

"어떻게 된 겁니까?"

호우종은 형비의 오른팔을 가리켰다.

"비룡공자가 너의 팔을 붙여주었다."

"……"

형비는 움찔 놀라서 자신의 오른팔을 쳐다보면서 혼혈이 제압되기 전의 기억을 더듬었다.

팔을 붙이려고 할 때 그가 포악을 떨자 의원이 혈도를 제압했던 기억이 마지막이다.

그는 상체를 벗고 있는데 오른팔 팔꿈치 조금 윗부분에서 떨어져 나갔던 팔이 정말로 붙어 있었다.

정말이지 눈을 의심할 정도다. 너덜너덜하지도 않고 꿰맨 것 같지도 않으며 정말 매그럽게 붙었다.

다만 찢어진 종이를 정교하게 다시 붙였을 때 떨어져 나간 자국이 붓으로 팔에 그린 것처럼 그대로 남아 있었다.

호우종은 형비의 붙은 팔이 정말 제대로 움직이게 되는지 아니면 그냥 겉으로만 붙여놓은 것에 불과한 것인지 내내 궁금했었다.

"움직여 봐라."

"사형, 저는……."

형비는 지금 상황에 너무 놀라서 어쩔 줄 모르고 자신의 팔과 호우종의 얼굴을 번갈아 쳐다보았다.

"움직여 봐."

호우종이 다시 한번 말하자 형비는 잔뜩 긴장한 얼굴로 조심스럽게 오른팔을 들어 올렸다.

그런데 오른팔이 들려졌다. 정확하게 말하면 붓으로 그린 것 같은 접합 부위 아래가 천천히 들려져서 허공에 멈추었다.

형비의 얼굴 표정이 몹시 복잡했다.

태주현의 기루 농월루에서 졸지에 오른팔이 잘리고 난 후 그는 살아 있어도 산목숨이 아니었다.

오른손잡이인 그에게 오른팔이 잘렸다는 것은 무림인으로서의 생명이 끝났다는 뜻이다.

무림인은 그의 인생의 전부이므로 인생이 끝났다는 의미이기도 했다.

그래서 어제와 오늘, 그는 화운룡에 대한 분노와 무림인으로서는 끝이라는 절망 사이를 오가면서 정신이 극도로 황폐했던 것이 사실이다.

그런데 혼절에서 깨어나니까 잘렸던 오른팔이 거짓말처럼 붙어 있다. 찢어 죽이고 싶은 화운룡이라는 놈이 붙여주었다는 것이다.

팔 하나가 없는 외팔이에서 팔이 제대로 붙은 정상인이 되었으니 기뻐서 춤을 출 일이다.

그렇지만 사람의 욕심이란 끝이 없는 법이다. 이제는 이 팔이 제대로 기능을 하는지 궁금해졌으며 그렇게 되기를 간절히 원했다.

"손가락을 움직여 봐."

호우종의 말이 아니더라도 형비는 그럴 생각이었다.

그는 주먹을 쥐었다 폈다 몇 번 반복했으며 손가락들을 차례로 구부렸다가 펴 보았다.

조금 뻑뻑하고 어색한 느낌이 들어서 좀 더 오랫동안 반복했더니 차츰 익숙해져서 괜찮아졌다.

"됩니다……!"

형비의 목소리가 울먹거렸다.

그러면서 그는 오른팔을 이리저리 휙휙 휘둘러 보았다.

"날 잡아봐라."

호우종의 말에 형비는 오른손으로 그의 손을 악수하듯이 마주 잡았다.

호우종은 맞잡은 형비의 손에 힘이 들어가는 것을 느끼고 환하게 웃었다.

"사제!"

"사형! 제 힘이 느껴지십니까?"

"그래! 하하하!"

호우종은 형비의 붙은 팔이 제 기능을 한다는 사실이 기뻤으며 화운룡이 기적을 이루었다는 사실에 경탄하는 심정으로 웃음이 터져 나왔다.

한바탕 소란스러움이 지나가고 나서 호우종은 형비와 정심원을 나와 호숫가를 나란히 걸으며 산책했다.

"그가 그런 말을 했습니까?"

형비가 놀라서 걸음을 멈추고 호우종에게 물었다.

"그래. 일시적으로 무공을 폐지한 것이니까 언제라도 회복해줄 수 있다는 거야."

형비는 씁쓸하게 웃었다.

"소제의 팔을 잘랐다가 다시 붙인 것처럼 말입니까?"

호우종은 형비가 이번에 한차례 거센 폭풍을 거친 후에 알게 모르게 정신적으로 성장했음을 느꼈다.

얼마 전까지만 해도 형비는 매우 단순한 성격이고 생각 같은 건 아예 하지 않았는데, 지금은 한마디 말도 한참 생각을 한 후에 하고 전혀 경망스러운 말을 하지 않았다.

형비의 오른팔이 잘렸다가 다시 붙여진 일은 호우종이 생각했던 것보다 더 큰 경험이 되었던 것 같다.

"내가 그에게 너의 팔을 왜 붙여주느냐고 물으니까 너를 명예롭게 해주기 위해서라고 말하더군."

호우종의 말에 형비는 움찔했다. 그러더니 호수를 물끄러미 한참이나 응시하고 나서 말했다.

"지금 소제는 다시 태어난 기분입니다."

호우종은 형비의 팔이 잘렸다가 다시 붙여진 기분이 그 정도일 줄은 예상하지 못했다.

"오른팔이 잘린 상태에서는 죽고 싶은 심정뿐이었고 그 당시에 화운룡 그자에게 죽음을 당했다면 죽어서 원귀가 돼서라도 복수를 하려고 들었겠죠."

호우종이 알고 있는 형비는 그러고도 남는 성격이었다.

"오른팔이 잘린 상태에서 죽음을 당한다는 것은 치욕이라고 생각했습니다."

형비의 입가에 피식 실소가 떠올랐다.

"옛날 전쟁에서의 장수들이 어째서 장렬한 죽음을 선택했는지 조금 알 것 같았습니다. 치욕을 당하면서 죽느니 명예롭게 죽는 길을 택했던 겁니다."

"그랬나?"

형비는 호우종이 예상했던 것 이상의 것들을 꽤 깊이 생각하고 있었다.

"그런데 지금은 죽는다고 해도 홀가분한 심정입니다."

형비가 말주변이 없어서 자신의 심정을 제대로 설명하지 못하는 것이지만, 현재의 그는 명예를 되찾았기 때문에 명예롭게 죽을 수 있다는 심정일 것이다.

호우종은 형비 옆에 나란히 서서 호수를 응시하며 뜬금없는 말을 꺼냈다.

"통천패군은 우리의 사부일까, 아니면 상전일까?"

장하문은 호우종과 형비가 만나기를 원한다는 말을 전해 듣고 정심원으로 왔다.

사실 호우종과 형비는 화운룡을 만나기를 원했지만 화운룡은 장하문을 보냈다.

화운룡은 옥봉과 새로 만난 처형 자봉과 함께 즐거운 시간을 보내고 있기 때문이다.

장하문이 정심원에 왔을 때 호우종과 형비는 호숫가에서 대화를 나누고 있었다.

호우종과 형비는 걸어오는 장하문을 보고 화운룡이 아니라는 사실에 조금 실망하는 표정을 지었으나 곧 정색을 하고 포권을 해 보였다.

"어서 오시오."

장하문은 붙잡혀서 무공이 폐지된 두 사람이 무림인처럼 포권을 하고 예를 취하자 의외라는 생각이 들었으나 내색하지는 않았다.

장하문은 아까 오전에 화운룡이 형비의 잘린 팔을 붙여주러 간다는 사실을 알고 있었는데 아무래도 그 일이 이 두 사람의 심경에 어떤 변화를 일으킨 것 같았다.

"하나 물어보고 싶은 것이 있소."

호우종이 다짜고짜 말했다.

장하문은 담담한 얼굴로 고개를 끄떡였다.

"물어보게."

"당신에게 비룡공자는 어떤 존재요?"

장하문은 뒷짐을 지고 간단하게 대답했다.

"가족일세."

"……."

호우종과 형비는 뒤통수를 한 대 얻어맞은 것 같은 표정을 지었다.

두 사람은 장하문에게서 최소한 '상전'이거나 그와 비슷한 대답을 기대했다.

그래서 자신들이 내린 결론에 대입을 하여 어떤 결론을 내리려던 것이었다.

참고로 두 사람은 반시진쯤 전에 그런 질문을 스스로에게 자문하고는 통천패군이 사부라기보다는 상전에 가깝다는 결론을 내렸다.

"어떤 가족이오? 당신은 그의 형제요?"

장하문은 빙그레 웃었다.

"우린 피를 나누지 않았지만 가족일세."

호우종은 장하문의 대답에 본능적으로 반발하고 싶어졌다.

"말도 안 되는 소리요. 피를 나누지도 않고 어떻게 가족일 수 있다는 말이오?"

호우종은 장하문이 얼토당토않은 궤변을 늘어놓는다는 생각이 들었다.

장하문은 그럴 줄 알았다는 듯한 표정을 지었다.

"이봐. 자네들은 남보다 못한 가족이나 가족보다 훨씬 좋은 남을 본 적이 있나?"

세상을 살면서 그런 경험이 없다면 헛산 것이다.

"당연히 있소."

"그게 가족인 게야. 별거 아닐세."

호우종과 형비는 여전히 장하문이 궤변을 늘어놓는다는 생각을 버리지 않았다.

"이 사람하고는 죽을 때까지 같이 지내고 싶다, 이 사람을 위해서라면 기꺼이 죽을 수 있다, 이 사람에게는 무엇이든지 양보할 수 있다. 이게 가족이지."

장하문의 말이 갑자기 훅! 치고 들어오는 바람에 호우종과 형비는 움찔했다.

방금 장하문이 말한 것 같은 대단한 사람이 어딘가에 있기는 있을 것이다.

하지만 호우종과 형비에겐 그런 사람이 없을뿐더러 주위에서도 본 적이 없다.

"내게는 주군이 그런 분이야."

장하문이 빙그레 미소 지으면서 결론을 내렸다.

"주군 주위에는 그런 사람들만 모였네."

호우종과 형비는 화운룡의 모습을 떠올려 보고는 그다음에 그의 측근들을 한 사람씩 떠올렸다.

지금 생각해 보니까 화운룡은 측근들에게 고압적이거나 상전처럼 대하지 않고 시종 부드러운 미소를 지으면서 마치 친구들처럼 행동했다.

또한 화운룡의 측근들 얼굴은 하나같이 다들 밝았다. 미리 연습을 했다가 억지로 뜯어 맞춘다고 해도 그렇게 자연스럽지는 못할 것이다.

이제 보니까 화운룡과 측근들은 정말 가족 같은 분위기였다.

호우종과 형비의 머릿속은 혼란스러웠다.

태주현 동태하 남쪽 해릉 포구의 어느 주루 창가 탁자에
두 사내가 마주 앉아서 대화를 나누고 있다.

탁자에는 간소한 요리가 차려져 있으며 두 사람은 식사를
하면서 매우 조용히 얘기를 했다.

"비룡은월문 내에는 어디를 가더라도 절진(絶陣)이 펼쳐져
있습니다."

한 명은 회의 단삼, 또 한 명은 갈의 경장을 입었으며 갈의
경장인이 보고하듯이 말하고 있다.

"속하들이 여러 방향에서 잠입을 시도해 봤지만 모두 여의
치 않았습니다. 도저히 절진을 뚫을 자신이 없어서 절진에 들
어가 보지도 못했습니다."

그 말은 무리하게 잠입을 시도하려고 비룡은월문에 들어갔
다가는 절진에 빠져서 오도 가도 못하는 신세가 될 것이라는
뜻이다.

또한 절진에 진입하지도 않고 절진의 위력에 대해서 간파할
정도라면 보고를 하는 갈의 경장인의 능력이 대단하다고 말
할 수 있다.

회의 단삼인이 젓가락으로 요리를 뒤적이며 건조한 목소리
로 중얼거렸다.

"깨지지 않는 진이란 존재하지 않는다."

"그렇습니다만, 비룡은월문의 절진은 우리 능력으로는 역부족입니다."

회의 단삼인은 사십오 세 정도의 나이에 말랐지만 단단한 체구이며 얼굴도 뺨이 홀쭉할 정도로 말랐다. 광대뼈가 불쑥 튀어나온 강파른 인상이며 쭉 찢어진 눈에서는 으스스한 한기가 흘러나왔고 얄팍한 입술은 잔인한 인상을 풍겼다.

이들 두 사람은 겉으로 무기를 전혀 지니고 있지 않은 것처럼 보이지만 옷을 벗겨보면 최소한 열 가지 이상의 무기가 쏟아져 나올 것이다.

갈의 경장인이 보일 듯 말 듯 살짝 고개를 숙였다.

"루주(樓主), 하교해 주십시오."

회의 단삼인 즉, 은오루주(銀烏樓主)는 잠시 더 요리를 뒤적이다가 가볍게 고개를 끄떡였다.

"흑오연(黑烏鳶)을 띄워라."

갈의 경장인 얼굴에 경탄의 표정이 떠올랐다.

"좋은 생각입니다."

무림 제이의 살수 조직인 은오루는 광덕왕의 군사인 등천일협으로부터 정현왕과 그를 보호하고 있는 인물 즉, 비룡공자를 죽여달라는 살인 청부를 접수했다.

청부금액은 정현왕이 황금 백만 냥, 비룡공자가 십만 냥으로 도합 백십만 냥이라는 어마어마한 액수다.

원래는 등천일협이 무림제일의 살수 조직인 혈영단에 청부했으나 단주인 운설이 일언지하에 거절하여 차선책으로 은오루에게 청부한 것이다.

은오루는 이번 청부에 모든 전력을 다 투입했다. 황금 백십만 냥이라는 전무후무한 금액은 은오루가 영업을 개시하여 지금까지 삼십여 년 동안 수천 건의 살인 청부 금액으로 벌어들인 액수보다 더 많다.

황금 백십만 냥을 은자로 환산하면 물경 삼천삼백만 냥이라는 기절초풍할 액수이기 때문에 은오루가 이 청부에 사활을 걸고 있는 것은 당연한 일이다.

방금 은오루주가 말한 좋은 방법 즉, 흑오연을 띄운다는 얘기는 말 그대로 검은 까마귀처럼 생긴 거대한 연(鳶)을 가리키는 것이다.

흑오연에는 은오살수가 세 명까지 매달려서 탈 수 있으며, 미풍만 불어도 허공 수십 장 높이에서 동서남북 어느 방향으로든지 조종이 가능하다.

은오루주의 작전은 흑오연에 은오살수들이 매달려서 비룡은월문 상공으로 진입하면 절진의 영향을 받지 않을 것이라는 얘기다. 절진이란 땅에 펼쳐져 있기 때문이다.

그래서 각자 목표로 삼은 전각 위 직선으로 뚝 떨어지는 것이기에 비룡은월문 내에 펼쳐져 있는 절진에 빠지지 않고 암살을 완성할 수 있다는 것이다.

"몇 개나 띄웁니까?"

"얼마나 갖고 왔느냐?"

"전부 갖고 왔습니다."

은오루주는 고개를 끄떡였다.

"다 띄워라."

갈의 경장인 즉, 부루주는 눈을 조금 크게 뜨며 놀랐다.

"백오십 개 전부 말입니까?"

"목소리가 크다."

부루주는 자신도 모르게 목소리가 커졌다가 급히 움찔하며 주루 내를 둘러보았다.

저만치 멀찌감치 않아 있는 몇 사람들은 자신들끼리 떠들면서 술 마시기에 여념이 없다.

"죄송합니다."

부루주는 목소리를 한껏 낮추었다.

"언제 잠입합니까?"

은오루주는 창밖으로 동태하를 응시했다. 많은 배들이 정박해 있는 포구 너머 저 멀리에 거대한 비룡은월문의 성채가 손에 잡힐 듯이 아스라이 보였다.

은오루주는 흐릿한 미소를 지었다.

"태주현 외곽에 무림인들이 집결하고 있다."

"통천방 정예고수 백 명과 지부, 분타의 고수들입니다."

은오루주는 시선을 비룡은월문의 성채에 고정시키고 손가락으로 탁자를 가볍게 두드렸다.

"머지않아서 통천방이 비룡은월문을 공격할 것이다. 우린 그때 잠입한다."

부루주는 미간을 좁혔다.

"어젯밤에 인솔자인 신월군주와 황정군주를 비롯한 다섯 명이 태주현 내의 기루에 있다가 제압되어 비룡은월문으로 끌려갔습니다."

이들은 비룡은월문뿐만 아니라 호우종과 형비도 밀착 감시하고 있었다.

그때 호우종과 형비를 제압한 고수들의 우두머리가 비룡공자라는 사실을 나중에서야 알게 됐다.

은오루주가 그 사실을 알고 비룡공자를 죽이기 위해 직접 은오살수들을 이끌고 기루에 도착했을 때 비룡공자 일행은 이미 비룡은월문으로 떠난 후였다.

부루주가 씁쓸한 표정을 지었다.

"지휘자들이 없는데도 통천방 고수들이 비룡은월문을 공격하겠습니까?"

은오루주는 부루주가 모르고 있는 사실을 말해주었다.

"태주현 외곽에 집결해 있는 통천 고수들을 지휘하는 인물은 따로 있다."

"그게 누굽니까?"

"통천방 외사도당(外四刀堂) 당주가 와 있다."

은오루주는 태주현 곳곳을 감시하고 있는 은오살수들의 보고를 시시각각 받고 있다.

부루주는 움찔했다.

"벽무도(碧武刀)가 왔습니까?"

"그렇다."

통천방에는 내삼외오당(內三外五堂)이 있다. 내부의 삼당과 외부의 오당이라는 뜻이다.

내삼외오당 아래에 팔전(八殿)이 있으며 이들이 통천방의 온갖 허드렛일을 도맡아서 하는 하급무사들이다.

내삼당은 통천방 내부의 경호와 호위를 주로 맡고 있으며 외오당이야말로 통천방이 자랑하는 실질적인 전투 고수들이라고 할 수 있다.

통천방 외오당을 맡고 있는 당주들은 개인적으로도 무림에서 꽤나 알려진 고수들이다.

부루주는 고개를 끄떡였다.

"그렇다면 신월군주나 황정군주 없이도 비룡은월문 공격이 가능하겠군요."

신분상으로는 외당주가 군주보다 아래지만 영향력이나 수하들에 대한 지휘권에서는 상위라고 할 수 있다. 말하자면 군주는 바지저고리 같은 존재이고 외당주들은 장군들이다.

　은오루주의 최종 명령이 떨어졌다.

　"벽무도는 곧 공격 명령을 내릴 것이다. 그때를 맞춰서 수하들을 모두 잠입시켜라."

　"알겠습니다."

　은오루주는 이곳에 은오루의 전체 살수 사백 명을 모두 이끌고 왔다.

*　　　*　　　*

　"은오루일 거예요."

　운설이 단언하듯이 잘라서 말했다.

　운룡재 서재에는 화운룡과 장하문, 운설, 명림 네 사람이 탁자에 둘러앉아 있다.

　방금 전 장하문은 태주현에 두 개의 세력이 들어와 있으며 하나는 통천방이 확실한데 또 하나가 무엇인지 정체를 모르겠다고 말했다.

　그 말을 듣고 운설이 말한 것이다.

　"광덕왕의 군사인 등천일협이라는 자가 저에게 정현왕과 주군의 살인 청부를 했었는데 그걸 거절했기 때문에 은오루에게 청부를 했을 거예요."

그 당시에 등천일협의 살인 청부를 거절한 운설은 은오살수들의 집중 공격을 받고 도주하다가 원종의 도움으로 위기를 모면했던 경험이 있어서 등천일협과 은오루에 깊은 원한을 품고 있다.

"확실해요."

장하문은 운설의 말과 자신이 천지당에서 보고를 받은 내용들을 맞춰보고는 고개를 끄떡였다.

"좌호법의 말씀을 듣고 보니까 제 생각에도 은오루가 맞는 것 같습니다."

운설이 덧붙였다.

"은오살신(銀烏殺神)은 은오루 전체 사백 명의 살수들을 모조리 이끌고 왔을 거예요."

은오루주의 별호가 은오살신이며 무림에서는 혈영객 다음으로 공포스러운 별호다.

화운룡은 느긋하게 차를 마시면서 대화를 듣고 있으며, 명림이 의아한 표정으로 말했다.

"은오루는 본 문에 삼라만상대진이 펼쳐져 있다는 사실을 모르는 걸까요?"

"알아냈을 거예요, 언니."

명림은 설마 하는 표정을 지었다.

"그런데도 잠입할까?"

"언니가 은오살신이라면 은자 삼천삼백만 냥짜리 청부를 포기하겠어요?"

"응. 나라면 포기해."

자신이 원하지 않았던 대답이 나오자 운설은 어이없다는 표정을 지었다.

"너무 쉽게 대답하는 거 아니에요?"

명림은 미소 지으면서 화운룡을 바라보며 대답했다.

"나라면 절대로 주군을 암살하지 않아."

운설은 머쓱해졌다.

"그건 그렇군요."

장하문이 정리했다.

"연을 이용해서 잠입할 수 있겠군요."

운설이 즉시 보충했다.

"은오루에는 흑오연이라는 게 있어. 최대 세 명까지 탈 수 있으며 바람만 제대로 불어준다면 백 리까지도 비행할 수 있다고 하더군."

운설은 비룡은월문의 이인자이기도 한 데다 장하문이 자기보다 한참 연하라서 반말을 했다.

"흑오연을 이용한다고 해도 본 문에 잠입하는 것은 쉽지 않은 일입니다."

잠자코 있던 화운룡이 중얼거렸다.

"태주현 외곽에 집결해 있는 통천방이 움직여 준다면 얘기가 달라지겠지."

"지휘자들인 형비와 호우종이 본 문에 있잖아요?"

듣고 있던 장하문은 문득 어떤 생각이 번쩍 떠올라서 명림의 말을 뒤집었다.

"다른 지휘자가 있다면 얘기가 달라지겠죠."

"아······."

운설과 명림이 동시에 탄성을 터뜨렸다.

"먼 지역에 전력(戰力)을 보낼 때 표면적인 지휘자 외에 실질적인 지휘자를 감춰서 보내는 것은 간혹 있는 일입니다. 그생각을 미처 못 했었군요."

장하문은 진중한 표정으로 고개를 끄떡였다.

"음! 그렇다면 본 문을 공격하는 것은 통천방 정예고수 백명과 지부, 분타에서 보낸 고수들 외에 정예고수들이 더 있을것입니다."

운설이 어이없는 표정을 지었다.

"그럼 통천방 지부와 분타에서 보낸 고수 천여 명은 눈가림이라는 뜻이야?"

"그럴 겁니다."

통천방은 춘추구패의 하나다. 비록 소삼패(小三覇)에 속하지만 강소성 제일방파다.

장하문이 일깨워 주었다.

"통천패군은 호락호락한 인물이 아닙니다. 제자가 개인적으로 복수를 하러 간다고 해서 정예고수 백 명과 남쪽 지방의 지부, 분타의 고수 천여 명을 선뜻 내줄 만큼 자비로운 성품이 아니라는 거죠."

"나라도 그러지 않겠어."

운설이 거들었다.

"통천방은 이번 기회에 아예 본 문을 괴멸시키려고 하는 게 분명합니다."

"이유는?"

장하문은 막힘없이 대답했다.

"광덕왕이겠죠."

운설이 내뱉듯이 말했다.

"또 광덕왕 그자인가?"

장하문은 굳은 얼굴로 고개를 끄떡였다.

"이번에는 통천패군이 제법 큰 그림을 그렸군요. 아니면 광덕왕이든가."

"알기 쉽게 설명해 봐."

운설이 언성을 높였다.

장하문의 얼굴이 몹시 심각해졌다.

"통천방과 은오루의 협공입니다."

운설과 명림의 얼굴에 경악이 떠올랐다.

"그게 가능해?"

"가능합니다."

장하문은 화운룡을 쳐다보며 설명했다.

"통천방은 본 문을 괴멸시키고 은오루는 정현왕 전하와 주군을 암살하는 겁니다."

第十章
부윤발의 기개

　은오루주인 은오살신이 부루주를 보내고 나서 혼자 주루의 이 층에서 창밖을 응시하고 있을 때 한 명의 무림인이 그에게 다가갔다.

　백오십 년 공력의 은오살신은 누군가 자신에게 다가오는 것을 알았지만 그 사람에게서 전혀 살기를 느끼지 않았기에 쳐다보지 않고 가만히 있었다.

　가까이 다가온 무림인이 정중하지만 단단한 목소리로 조용히 말했다.

　"잠시 나하고 같이 가야겠소."

은오살신은 느릿한 동작으로 창밖에서 시선을 거두어 무림인을 쳐다보았다. 은오살신은 무림인을 보자마자 그가 통천방 인물이라는 사실을 간파했다.

"사람을 잘못 본 것이 아니오?"

태주현 내에서 은오살신을 알아보고 같이 가자고 할 사람이 있을 리가 없다. 그러나 다가온 무림인 부윤발은 여전히 사무적인 표정과 목소리로 말했다.

"은오루주 아니시오?"

은오살신은 상대가 자신의 신분을 정확하게 알고 있으며 더구나 자신이 있는 곳까지 제대로 알고 찾아왔다는 사실에 적잖이 놀랐으나 내색하지 않았다.

"누가 날 보자고 하는 것이지?"

그렇게 물으면서도 은오살신은 이자를 죽일 것인지 아니면 좀 더 참고 무슨 얘기를 하는지 들어볼 것인지를 고민했다.

부윤발의 목소리가 정중해졌다.

"통천방 외총당주(外總堂主)시오."

은오살신은 흠칫했다. 외총당주라면 통천방 외오당을 총괄하는 지위이며 서열 십 위의 인물이다. 그러나 통천패군의 다섯 제자를 제외하면 서열 오 위라는 쟁쟁한 신분이다.

은오살신은 통천방 뒤에 광덕왕이 있다는 사실을 모르기 때문에 통천방 외총당주가 왜 자신을 보자고 하는 것인지 이유를 짐작조차 하지 못했다.

"무슨 이유인가?"

그때 약간 카랑카랑한 목소리가 뒤쪽에서 들리는 바람에 은오살신은 움찔했다.

"공동의 목적을 위해서외다."

그러나 은오살신은 당황하지 않고 천천히 상체를 돌려서 뒤돌아보았다.

그의 뒤쪽 탁자 하나 건너 창가 자리에 한 사내가 앉아서 이쪽을 응시하고 있는 것을 발견했다. 청의 장삼을 입은 사내는 앉아 있는 것만으로 하나의 거대한 산처럼 웅장한 모습이다.

은오살신은 기억을 더듬어 아까 주루 이 층에 올라왔을 때 저 자리에 두 명이 앉아 있는 것을 무심히 봐서 넘겼던 일을 기억해 냈다. 아마도 저기 앉아 있는 산처럼 거대한 사내가 통천방 외총당주일 것이다.

그렇다면 외총당주는 아까 은오살신과 부루주가 나눈 대화를 다 들었을 것이다.

은오살신의 얼굴이 찌푸려졌다. 혈영단이 사라진 현재 무림 최강의 살수 조직 자리에 오른 은오루의 루주가 이런 형편없는 실수를 하다니. 그야말로 최악이다.

그러나 언제까지나 얼굴만 구긴 채 앉아 있을 수는 없는 노릇이다.

"공동의 목적을 위해서라고 말했소?"

외총당주가 입술을 일그러뜨렸다. 흐릿한 미소를 짓는 것이지만 은오살신에겐 조소로 보였다.

"설마 주루의 모든 사람들이 우리가 나누는 대화를 듣기를 원하는 것이오?"

자기 자리로 와서 조용히 대화를 나누자는 뜻을 모를 리 없는 은오살신이다. 그는 성큼 일어나 외총당주 자리로 가서 마주 앉았다.

가까이에서 보니까 통천방 외총당주는 훨씬 더 거대한 체구의 사내다.

아까 부루주는 통천방 외오당의 당주 벽무도가 지휘자로 왔다고 은오살신에게 보고했다. 그런데 이제 보니 지휘자는 외총당주인 북천혈도(北天血刀) 정웅부(鄭雄扶)였다.

일이 점점 더 커지고 있다. 처음에는 신월군주와 황정군주가 지휘자 같더니 그다음에는 외사도당주 벽무도였다가 이제는 외총당주 북천혈도다. 그렇다면 통천방은 이 기회에 비룡은월문을 괴멸시키려는 것이 분명하다.

통천방이 무엇 때문에 비룡은월문을 괴멸시키려는 것인지는 알지도 못하지만 알 필요도 없다.

은오루는 가만히 있다가 까마귀가 날아오를 때 떨어지는 배나 주워 먹으면 그만이다.

은오살신은 이번 살인 청부가 어쩌면 훨씬 더 쉬워질 수도 있을 것이라는 생각이 들었다.

은오살신을 외총당주에게 안내한 부윤발은 약간 멀찍이 떨어진 창가의 탁자에 혼자 앉았다.

그는 두 거물이 대화를 나누는데 합석할 정도의 지위가 아니므로 피해 있어야 한다.

부윤발은 예전에 통천방 외사도당 팔향 휘하 구조장의 신분으로 이곳 태주현에 태주 분타를 조직하라는 임무를 받고 온 적이 있었다.

그때 해남비룡문의 소문주였던 화운룡의 전폭적인 도움으로 통천방 태주 분타를 만들었다.

이후에 태극신궁과 사해검문이 합체한 태사해문의 급습으로 통천방 태주 분타가 괴멸하기는 했지만, 부윤발은 화운룡과의 만남과 그와 행했던 몇 가지 일들에 대한 특별한 추억을 아직도 잊지 않고 있다.

해남비룡문이 녹림구련의 강소성 지역 담당인 철사보와 창혼부의 습격을 받았을 때 부윤발은 화운룡을 도와준 적이 있었으며, 반대로 부윤발이 도움이 필요할 때는 화운룡이 도와주는 이른바 상부상조를 했다.

그 당시에 부윤발은 화운룡이라는 청년을 비범하게 여겼었는데 그는 일 년여 남짓 지난 사이에 상상했던 것 이상으로 어마어마한 존재가 되어버렸다.

'비룡은월문을 춘추십패의 반열에 들 정도로 대단한 문파로 이끌다니 과연 대단하다, 화운룡.'

그 당시에 부윤발은 화운룡과 몇 번인가 술자리도 함께했었으며 나름 허심탄회한 얘기도 나누곤 하여 개인적인 친분을 쌓기도 했다.

부윤발은 저 멀리 동태하 한가운데 아스라이 보이는 비룡은월문에 시선을 고정시켰다.

문득 부윤발은 싱그러운 미소를 지닌 준수한 청년 화운룡이 보고 싶다는 생각이 들었다. 어떤 사심이나 이익을 떠나서 그냥 한 번 만나서 예전처럼 여유롭게 술잔이나 나누었으면 하는 단순한 바람이다.

그렇지만 현재의 부윤발은 비룡은월문을 괴멸시키려고 온 통천 고수들 중에 한 명이다.

그는 이번 총공격에 비룡은월문이 절대로 무사하지 못할 것이라고 내다보았다. 현재 태주현 외곽에 집결한 겉으로 드러나 있는 통천 고수의 수는 단지 빙산의 일각일 뿐이다.

부윤발의 예상으로는 오늘 밤 자정을 기해서 총공격이 이루어질 가능성이 높다.

이천여 리나 먼 통천방에서 온 엄청난 수의 고수들을 태주현 외곽에 며칠씩이나 하염없이 은신시켜 놓는 일은 그리 쉬운 일이 아니기 때문이다.

부윤발은 저기 아스라이 보이는 거대한 성채의 어딘가에 있을 싱그러운 미소를 짓는 청년 화운룡에게 아무도 모르는 작별을 고했다.

'잘 가게.'

화운룡을 직접 만난 호우종과 형비는 복수를 포기하고 통천방으로 돌아가겠다는 말을 했다.

두 사람 나름에는 오랜 고심과 상의 끝에 어렵게 내린 결정이었지만 돌아온 대답은 두 사람을 경악하게 만들었다.

태주현 외곽에 은신, 집결해 있는 통천방 고수들의 수가 호우종, 형비가 알고 있는 천 명 수준이 아니라는 것이고, 그들 중에 실질적인 지휘가 따로 있다는 것이다. 한마디로 귀신 씻나락 까먹는 소리다.

"그건 말도 안 되오."

호우종은 강하게 고개를 가로저었다.

슥…….

"아는 얼굴인지 보게."

장하문이 종이 한 장을 내밀었다.

그것은 어떤 사내의 도영(圖影: 초상화)인데 그것을 보는 순간 호우종과 형비는 똑같이 크게 놀랐다.

"이자는 본 방 외총당주가 아니오?"

"본 방의 외총당주인 북천혈도요."

장하문이 고개를 끄떡였다.

"한 시진 전에 이자가 태주현 내에서 은오루주를 만나고 있다는 보고가 있었네."

"어떻게 그럴 수가……."

호우종과 형비는 망연자실한 표정을 지었다.

그리고 다시 이어지는 장하문의 말이 두 사람을 구렁텅이로 밀어 넣었다.

"그러니까 자네 두 사람은 미끼였다는 얘기지. 우리 눈을 현혹시키는."

호우종과 형비는 고개를 세차게 가로저으며 반박했다.

"그럴 리가 없소!"

"이게 사실이라면 사부님께서 우리 두 사람을 헌신짝처럼 버렸다는 얘기가 아니오?"

두 사람은 상황이 이것이 진실이라고 말하는데도 절대로 믿고 싶지 않았다.

호우종은 무조건 반박하지 않고 제 딴에는 조목조목 따지면서 장하문의 말이 틀렸다는 사실을 반박하려고 들었다.

"세상천지에 제자를 이렇게 소모품으로 버리는 사부는 없

소. 더구나 사부님께선 본 방의 출혈을 최소화하려고 정예고
수 백 명만을 허락하셨고 나머지는 지방의 지부나 분타 고수
들로 보충하라고 말씀하셨소."

장하문은 고개를 가로저었다.

"현재 태주현 외곽의 숲속과 산속에 은신해 있는 통천방
고수의 수는 이천여 명으로 추산되고 그중에 절반이 정예고
수라는 보고야."

호우종은 막바지에 몰려서도 고개를 가로저었다.

"잘못된 정보요."

"자네들을 태주현 내로 데려가서 외총당주 북천혈도라는
자를 직접 확인시켜 줄 수도 있네."

"……."

북천혈도가 태주현에 있는 것이 분명하다면 장하문의 말이
맞다는 얘기다.

형비가 입술을 깨물며 말했다.

"확인시켜 주시오."

"알겠네."

그때 지켜보고 있던 화운룡이 입을 열었다.

"내가 데려가겠네."

장하문은 통천방 외총당주 북천혈도라는 인물을 직접 보려
고 하는 화운룡의 뜻을 알아차렸다.

"그러시겠습니까?"

"혼자 가겠다."

화운룡의 말에 운설이 길길이 날뛰었다.

"그건 절대로 아니 되옵니다! 소첩을 죽이고 가시옵소서!"

화운룡이 팔을 걷어붙였다.

"오냐, 죽여주마."

불길한 예감을 느낀 운설은 즉시 꼬리를 내렸다.

"알았어요. 잘 다녀오세요."

화운룡은 태주현에 가기로 한 형비에게 고개를 끄떡였다.

"가까이 와라."

화운룡에 대해서 완전히 새롭게 인식하게 된 형비는 긴장한 얼굴로 가까이 다가왔다.

슥…….

화운룡이 불쑥 손을 내밀어 형비의 손목을 잡았다. 형비는 반사적으로 피하려고 했지만 마음뿐이다. 그런데 하필이면 그의 잘렸다가 붙인 오른손 손목을 잡았다.

"엇?"

형비는 깜짝 놀라서 본능적으로 움찔하면서 팔을 빼려고 했으나 뜻을 이루지 못했다.

그때 형비는 잡힌 손목을 통해서 한 줄기 부드러운 진기가 주입되는 것을 느꼈다.

투두툭…….

형비는 체내에서 뭔가 줄 끊어지는 듯한 흐릿한 소리가 나는 것과 동시에 폐지됐던 무공이 회복됐다는 사실을 깨닫고 움찔 놀랐다.

"어어……."

그런데 옆에 서 있던 호우종이 갑자기 눈이 휘둥그레지면서 신음 소리를 냈다.

"사제… 자네 얼굴이… 으으……."

형비는 미풍이 얼굴을 간질이는 정도만 느꼈을 뿐인데 호우종이 자신을 보면서 마치 귀신을 본 것처럼 입에 거품을 물며 혼비백산하는 모습이 이상했다.

화운룡이 형비의 손목을 놓자 이번에는 호우종과 형비가 그의 얼굴을 보면서 혀를 빼물었다.

"으아아……."

"이런 해괴한 일이……."

호우종과 형비가 보고 있는 가운데 화운룡의 얼굴이 변하고 있었다.

스으으…….

마치 잔물결이 일렁거리는 것처럼 화운룡 얼굴의 살갗이 이리저리 너울거리다가 잠시 후에 멈추었다.

그런데 준수한 모습은 간데없이 사라지고 거리 어디에서나 볼 수 있는 평범한 청년의 모습이 거기에 있었다.

호우종과 형비는 꿈을 꾸는 듯한 표정으로 멀거니 서 있는데 운설이 혀를 끌끌 찼다.

"쯧쯧쯧… 내력변용천공(內力變容千功)을 보고 귀신이라도 본 것 같은 얼굴이라니……."

호우종이 넋 나간 얼굴로 중얼거렸다.

"아아… 내력변용천공이라니……."

그는 어디선가 그런 천고의 상승역용수법이 존재한다는 말을 들은 기억이 어렴풋이 났다.

그것은 순전히 본신의 공력만으로 몸의 뼈와 근육, 피부를 마음먹은 대로 움직이고 이동시켜서 전혀 다른 체격과 용모로 변하는 초상승수법이다.

그렇기 때문에 변장을 하기 위해서 역용도구 같은 것은 아예 필요하지 않고 사람의 얼굴 껍질 즉, 인피면구도 필요하지 않다고 들었다.

그 말을 들었을 때는 그런 신기한 수법이 있다고 해도 그걸 시전하는 사람은 없을 것이라고 생각했었다.

왜냐하면 내력변용천공이라는 수법을 시전하려면 최소한 오 갑자 삼백 년 이상의 공력이 필요하다고 들었기 때문인데, 과연 당금 무림에 오 갑자 공력의 초절정고수가 존재하겠는가라고 생각했기 때문이다.

호우종은 완전히 다른 사람으로 변신한 화운룡을 불신의 표정을 지으면서 망연히 바라보았다.

'맙소사… 저토록 젊은 나이에 오 갑자 공력이라니…….'

호우종이 알고 있는 사부 통천패군의 공력은 사 갑자인 이백사십 년이다. 그것만으로도 통천패군은 통천방을 이룩하여 춘추구패의 하나로 만들었다.

그런데 이제 겨우 약관인 화운룡이 통천패군보다 일 갑자나 높은 오 갑자라니 기절초풍할 일이다.

그러나 사실 화운룡의 실제 공력이 자그마치 칠 갑자하고도 십 년이나 더 많은 사백삼십 년이라는 사실을 알게 된다면 호우종은 심장마비로 죽을지도 모른다.

                    *   *   *

변장한 화운룡과 형비가 태주현 내 거리를 걸어가고 있을 때 천지당 수하가 화운룡에게 전음으로 알려왔다.

[주군, 그들은 수련각(水蓮閣)에 있습니다.]

그들이란 통천방 외총당주와 은오루주를 말함인데 수련각 역시 해룡상단 소유라서 천지당이 감시하기에는 적격이다.

화운룡은 보일 듯 말 듯 고개를 끄떡이고는 여유 있는 걸음으로 휘적휘적 거리를 걸어갔다.

옆에서 나란히 걷고 있는 형비는 화운룡을 자꾸만 힐끗거리면서 쳐다보았다.

형비는 아까 비룡은월문에서 경자(거울)에 비친 자신의 모습을 보고 까무러치는 줄 알았다.

자신의 얼굴이 생판 다른 용모로 변했다는 사실을 그제야 알았기 때문이다. 그랬기 때문에 호우종이 그를 보고 경악했던 것이다.

그러니까 화운룡은 그의 손목을 잡고 부드러운 진기를 주입하여 폐지된 무공을 회복시켜 주었을 뿐만 아니라 내력변용 천공까지 일으켜서 용모까지 변하게 했던 것이다.

형비는 한때 화운룡을 죽이려고 날뛰었던 자신이 너무도 하찮은 존재처럼 여겨졌다.

자신이 속한 방파와 화운룡과의 은원관계를 다 떠나 순수하게 한 사람의 인간으로서 형비는 화운룡이 한없이 존경스럽고 신비하게만 여겨졌다.

그렇게 되기까지는 화운룡이 형비와 호우종을 죽일 수 있는데도 죽이지 않았으며, 형비의 잘린 팔을 정성껏 붙여준 것도 큰 몫을 했다.

그때 화운룡은 마주 오는 많은 사람들 중에서 한 사람을 발견하고 빙긋 미소를 지었다.

'후후… 부윤발인가? 오랜만이로군.'

저만치에서 사람들이 넘쳐나는 거리를 구경하듯이 연신 두리번거리면서 걸어오는 무림인은 틀림없는 통천방 구조장 부윤발이었다.

화운룡은 부윤발이 이번 비룡은월문 총공격에 통천 고수로 참가했을 것이라고 짐작했다.

그래도 통천방 외사도당 팔향 휘하 구조장이라는 말단의 신분이라면 태주현 내 거리를 마음대로 활보하고 다니지 못할 텐데, 그동안 지위가 꽤 오른 모양이다.

부윤발은 두리번거리면서 걷다가 다가오는 화운룡을 미처 발견하지 못하고 어깨를 부딪쳤다.

"아… 미안하오."

부윤발은 화운룡을 보며 사람 좋은 미소를 지으면서 먼저 사과를 했다. 예전에도 그는 거들먹거리거나 약자 혹은 아랫사람을 괴롭히는 사람이 아니었다.

화운룡이 담담히 고개를 끄떡이자 부윤발은 가던 길을 휘적거리면서 걸어갔다. 화운룡은 부윤발의 뒷모습을 잠시 쳐다보다가 다시 가던 길을 가기 시작했다.

화운룡과 형비는 태주현 내에서 가장 크고 좋은 주루인 수련각 이 층에 자리를 잡고 앉았다.

만약 화운룡이 본모습이었다면 태주현 거리를 활보하는 것이나 이곳 수련각에 들어오는 일이 지금처럼 자유롭지는 않았을 것이다.

태주현 내에서는 비룡공자의 얼굴을 모르는 사람이 한 명도 없을 정도라서 조금만 움직여도 불편한 여러 제약이 따르기 때문이다.

조금 전 화운룡이 이곳에 들어오기 전에 공력을 끌어 올려서 확인을 해본 결과 수련각 안팎에 통천 고수와 은오살수가 삼십여 명 정도 곳곳에서 더러는 눈에 보이게, 또 더러는 보이지 않게 호위를 하고 있었다.

눈에 보이는 자들은 주루 안 여기저기 몇 군데에서 손님으로 가장을 하고 있으며, 주루 밖에서는 행인, 혹은 산책 나온 사람 행세를 하면서 수련각 옆에 펼쳐진 드넓은 호수 수련호(水蓮湖)를 구경하고 있었다.

"저기 저자가 외총당주가 맞느냐?"

화운룡이 오 장쯤 떨어진 창가 자리에 앉아서 술을 마시며 대화를 나누고 있는 두 사내를 턱으로 가리키며 태연하게 묻자 형비는 움찔 놀랐다.

주위에 사람들이 많은데 화운룡이 속삭이지도 않고 태연한 목소리로 외총당주냐고 물었기 때문이다.

형비는 다급하게 주위를 두리번거렸지만 아무도 자신들을

쳐다보는 사람이 없다는 것을 확인하고서야 안도의 한숨을 내쉬었다.

"주위에 무형막을 쳐놨으니까 우리 말소리가 밖으로 새어나가지 않을 것이다."

화운룡의 말에 형비는 말문이 막혀 버렸다. 무형막이라니, 그런 것을 칠 것이라고는 상상도 하지 못했다.

사실 형비는 조금 전 주루 이 층에 올라와서 실내를 둘러보다가 창가 자리에 앉아 있는 통천방 외총당주 북천혈도를 이미 발견했다.

"외총당주가 맞습니다."

형비는 시선을 북천혈도에게 고정시킨 채 굳은 표정으로 고개를 끄떡였다.

형비는 사부 통천패군이 자신과 사형 호우종을 소모품으로 사용했다는 사실을 확인했다.

"가자."

화운룡은 자리에 앉았다가 주문을 하지도 않고 천천히 일어서며 말했다.

형비가 엉거주춤 따라 일어나 외총당주 쪽을 보며 의아한 표정으로 물었다.

"그냥 가는 겁니까?"

그는 자신도 모르는 사이에 화운룡에게 존대를 하고 있었다.

화운룡은 계단 쪽으로 걸어갔다.

"내가 어떻게 해야 하느냐?"

"저들을 죽이거나 제압할 것이라고 생각했습니다. 그럴 만한 능력이 충분히 있잖습니까?"

형비는 화운룡이 무형막을 펼쳤을 것이라고 믿고 거리낌 없이 말을 했다.

화운룡은 계단을 내려가면서 빙그레 웃었다.

"너는 나를 죽이러 왔다는 사실을 잊었느냐?"

"그것은……."

"게다가 북천혈도는 네가 몸담고 있는 통천방 사람인데 죽여도 좋다는 것이냐?"

"그렇습니다."

"무엇 때문이냐?"

"배신감 때문입니다."

두 사람은 수련각을 나왔다.

"통천패군이 널 소모품으로 쓰려고 한 것 때문이냐?"

"그렇습니다."

두 사람은 산책이라도 하는 것처럼 주루 옆의 수련호 쪽으로 걸어갔다.

"그리고 당신을 존경하게 됐습니다."

그런데 형비의 입에서 뜻밖의 말이 흘러나왔다. 그는 성격이 단순하고 성급한 대신 솔직한 일면이 있다.

화운룡은 형비가 갑자기 그런 말을 할 것이라고는 예상하지 못했다.

형비는 그렇게 말해놓고는 부끄러워서 얼굴을 붉혔다.

"죄송합니다."

화운룡은 빙그레 미소 지었다.

"통천패군은 존경하지 않는다는 뜻이냐?"

형비의 얼굴이 굳었다.

"원래 존경하지 않았습니다. 그런데 이번 일 때문에 그를 증오하게 됐습니다."

화운룡은 호숫가에 멈춰 섰다.

"어째서 북천혈도를 제압하지 않았는지 궁금한 것이냐?"

"그렇습니다."

화운룡은 호숫가에 북적거리는 여러 좌판들의 장사꾼들과 그것들을 구경하거나 오가는 사람들을 보면서 말했다.

"여긴 사람들이 많아서 싸움이 벌어지면 애꿎은 사람들이 다치거나 죽게 된다."

"……."

형비는 이해할 수 없다는 얼굴로 그를 바라보았다.

"북천혈도나 은오살신을 제압하는 것은 어렵지 않지만 주루 안팎 곳곳에 매복하거나 은신해 있는 통천 고수들과 은오살수들이 쏟아져 나와 공격을 하게 되면 어쩔 수 없이 죄 없는 사람들이 다친다."

"그런 것까지 염두에 두십니까?"

화운룡은 조금 어이없는 표정을 지었다.

"여긴 내 고향이고 이 사람들은 고향 사람들이다. 이들이 왜 죽거나 다쳐야 하는 것이냐?"

"싸움이 벌어지면 그건 어쩔 수 없는 것 아닙니까? 대의를 위해서는 그런 희생이 따르게 마련입니다."

"이놈아, 대체 뭐가 대의냐?"

형비는 화운룡이 갑자기 팔십 살 먹은 노인네처럼 꾸짖자 어리둥절한 표정을 지었다가 아랫배에 불끈 힘을 주고 자신의 의견을 말했다.

"지금의 대의는 비룡은월문이 통천방과 은오루의 공격에서 살아남는 일입니다."

화운룡은 고개를 가로저었다.

"틀렸다."

형비는 의아한 표정을 지었다.

"그럼 문주의 대의는 무엇입니까?"

"내 고향 사람들이 아무도 다치지 않는 것이다."

"그런……."

형비는 '터무니없는 말'이라고 하려다가 급히 멈추었다.

"너 부모가 생존해 있느냐?"

"고향에 계십니다."

"가족은?"

"아버지께서 장사를 하시는데 형과 누나들이 돕고 있습니다. 그 지역은 형씨들의 집성촌이라서 고향에는 거의 전부 혈족들입니다."

화운룡은 고개를 끄떡였다.

"네 고향이 이곳 태주현이라고 치자."

"제 고향은 산동인데요?"

딱!

"윽!"

"예를 들어 네 고향이 여기라고 치자는 것이다."

화운룡이 뒤통수를 때리자 형비는 앞으로 고꾸라져서 호수에 빠질 뻔하다가 겨우 멈추었다.

그는 화운룡에게 뒤통수를 맞았는데도 전혀 아프다거나 기분이 나쁘지 않았다.

올해 삼십이 세인 형비는 자신보다 열 살 이상 어린 화운룡이 절대로 어리게 보이지 않았다.

외려 그가 사부인 통천패군보다 더 사부처럼 여겨져서 두 손을 모으고 잠자코 공손하게 있었다.

"알았습니다. 여기가 제 고향입니다."

"그리고 네 부모와 형제들 집이 이곳이며 이곳에서 장사를 하고 있다고 치자."

"장사를 하고 있습니다."

"그런데 여기에서 무림인끼리 치열한 싸움이 벌어져서 네 부모와 가족이 많이 죽거나 다쳤다고 치자."

"아……."

바보 멍청이가 아니라 단지 단순하고 성격이 급할 뿐인 형비는 화운룡의 말을 그제야 알아들었다.

"그렇군요."

"여기에 있는 저 사람들은 너의 부모와 가족이 아니지만 어느 누군가에겐 부모이고 가족이다."

조금 전까지만 해도 무슨 헛소리인가 했던 화운룡의 말이 이제는 형비의 귀에, 아니, 마음속으로 쏙쏙 들어와서 깊이 틀어박혔다.

"무(武)라는 것은 누군가를 죽이기 위해서가 아니라 사람들을 보호하기 위해서 배워야 하는 것이다."

화운룡의 말이 커다란 범종을 두드리는 것처럼 형비의 심장을 마구 둥! 둥! 두드렸다.

"가장 위대한 무인(武人)은 아무도 죽이지 않는 사람이고, 그다음으로 위대한 무인은 한 명을 죽여서 천 명을 살리는 사람이다."

"아……."

형비의 마음속에서 범종 소리가 멈추고 갑자기 상쾌해지면서 환하게 밝아졌다.

"그렇다면 통천방과 은오루와의 싸움이 태주현 내에서 벌어지면 안 되겠군요?"

화운룡은 형비를 보며 빙그레 미소 지었다.

"똑똑하구나."

"헤헤… 감사합니다."

삼십이 세의 형비는 이십 세의 화운룡에게 칭찬을 받으면서 한없이 뿌듯했다.

화운룡이 호숫가를 등지고 걸음을 옮겼다.

"갈 데가 있다."

형비가 얼른 앞장섰다.

"제가 모시겠습니다."

화운룡은 흐뭇하게 웃으면서도 그를 꾸짖었다.

"인석아, 네가 내 수하냐?"

형비는 그 말에 대답하지 않았지만 진심으로 그의 수하가 되고 싶다는 생각이 들었다.

그는 화운룡이 분명히 반로환동한 전대 기인이라고 믿어 의심하지 않았다.

어느 허름한 주루에 혼자 앉아 있는 부윤발에게 한 명의 장한이 다가와서 귓속말을 속삭였다.

"전향주(傳香主)께선 숙소로 돌아가서 쉬라는 외총당주의 명령입니다."

"알았다."

부윤발이 고개를 끄떡이자 장한은 즉시 주루를 빠져나갔다. 그제야 부윤발은 점소이를 불러서 간단한 요리와 술 한 병을 주문했다. 예전에는 외사도당 팔향 휘하 구조장이었지만 지금의 그는 외총당주 휘하 세 명의 직속 향주 중 전향주라는 신분으로 승급을 했다.

외총당주가 은오루주인 은오살신과의 대화가 길어지고 있는 모양이다.

태주현 외곽에 집결해 있는 통천 고수들과 어디에 있는지 모르는 은오살수들이 연합해서 비룡은월문을 공격해야 하므로 의논할 일이 많을 것이다.

외총당주가 부윤발더러 숙소로 돌아가서 쉬라고 했으니까 지금부터 밤까지는 자유시간이다.

지금 그가 앉아 있는 주루는 예전에 화운룡과 한 번 와본 적이 있었다. 그리고 바로 이 자리에 부윤발이 앉았고 맞은편에 화운룡과 군사인 장하문이 앉아서 술을 마셨다.

그때는 이미 화운룡과 꽤 친해진 상황이라서 주거니 받거니 분위기가 사뭇 화기애애했다.

부윤발이 앉은 창가 자리의 창밖으로는 강이 흐르고 있는 것이 내려다보였다. 태주현에는 워낙 많은 강과 운하들이 거미줄처럼 얽히고설켜서 저 강의 이름이 무엇인지는 모른다.

자륵…….

그때 저만치 주루 입구의 주렴을 젖히면서 두 사람이 안으로 들어왔다.

앞장선 청년은 코가 주먹처럼 커다랗고 뺨에 손톱 크기의 점 하나가 있는데 매우 우스꽝스러운 용모다. 부윤발도 그를 보다가 절로 피식 웃음이 났다.

그런데 주먹코 청년은 실내를 두리번거리더니 곧장 부윤발을 향해 걸어왔다.

실내는 매우 한산해서 자리가 많은데 하필 자신 쪽으로 다가오자 부윤발은 오랜만의 여유로운 시간이 방해를 받는 것 같아서 기분이 조금 나빠졌다.

그런데 밉다고 하니까 업어달란다고 주먹코 청년이 다가오더니 대뜸 부윤발 맞은편에 털썩 앉는 것이 아닌가.

그러고는 뒤따라온 청년에게 자기 옆자리에 앉으라고까지 하다니 별 미친놈 다 보겠다는 생각이 들었다.

"여보게. 거긴……."

"오랜만이오, 부 형."

"……."

부윤발은 점잖게 훈계를 해서 다른 자리로 보내려고 했는데 갑자기 주먹코 청년이 굵직하면서도 청아한 목소리로 입을 여는 바람에 동작이 뚝 멈춰지며 얼굴 가득 놀라는 표정이 떠올랐다.

부윤발이 방금 들은 목소리는 그가 지금 가장 보고 싶어 하는 사람의 것이었다.

"하하하! 이제 내 목소리도 잊은 것이오?"

"설마……."

＊　　　　＊　　　　＊

스으으…….

그때 주먹코 청년의 얼굴이 물결처럼 가볍게 일렁이는 것 같더니 천하에 짝을 찾아볼 수 없을 정도의 절세미남의 얼굴이 나타났다.

순간 부윤발은 경악하여 퉁기듯이 벌떡 일어나 몸을 떨며 탄성을 터뜨렸다.

"아아……."

화운룡은 빙그레 미소 지었다.

"앉으시오, 부 형."

"이런 맙소사… 소문주였다니……."

화운룡은 여전히 서서 귀신을 본 것 같은 표정을 짓고 있는 부윤발의 팔을 잡아 자리에 앉혔다.

"부 형이 보고 싶어서 결례를 했소."

부윤발의 얼굴이 복잡하게 여러 차례 변하더니 잠시 후 진지하게 말했다.

"나는 태주현에 들어온 이후 줄곧 소문주 생각이 머리에서 떠나지 않았소."

화운룡은 고개를 끄떡였다.

"부 형의 자상한 성격이라면 그럴 것이라고 생각했소."

부윤발은 주위를 두리번거렸다.

"그런데 대체 어쩐 일이오? 이렇게 돌아다녀도 되는 것이오? 현재 태주현에는……."

화운룡은 손을 내저었다.

"나는 그저 부 형과 술이 마시고 싶었을 뿐이오."

그는 술병을 들어 부윤발에게 내밀었다.

몇 잔의 술을 마시고 나서 화운룡은 빙긋 웃었다.

"안전을 위해서 다시 주먹코로 돌아가겠소."

스으으……

말과 함께 그의 얼굴이 일렁거리더니 곧 조금 전의 주먹코 청년 모습으로 변했다.

이곳 주루의 주인이나 점소이, 그리고 주루에 드나드는 손님들까지도 화운룡의 얼굴을 잘 알고 있을 테니까 변신을 하고 있는 편이 좋다.

부윤발은 화운룡이 권하는 대로 술을 몇 잔 마시기는 했지만 제정신이 아니라서 술을 마셨는지 물을 마셨는지 분간이 서지 않았다.

오십 년 공력의 부윤발은 방금 화운룡이 전개한 상승의 역용수법이 무엇인지는 모르지만 순전히 공력만으로 얼굴 피부를 바꾸는 것이라고 생각했다.

모르긴 해도 그런 상승수법을 전개하려면 백 년 이상의 공력이 있어야만 할 것 같았다.

부윤발이 알고 있던 화운룡은 공력이라고 할 것도 없는 이삼십 년 공력의 삼류무사 수준이었다. 그래서 화운룡은 직접 싸우기보다는 기발한 작전을 세우고 수하들에게 명령을 내리는 쪽이었다.

부윤발은 자신이 보지 못한 사이에 화운룡에게 짐작하기조차 어려운 기연이 있었을 것이라고 생각했다.

그러고 보니까 지난 일 년여 동안 해남비룡문이 비룡은월문으로 변신을 하고 춘추십패의 반열에 오를 정도로 비약적인 급성장을 한 것이 화운룡의 변화와 밀접한 관계가 있는 것이 분명했다.

어쨌든 그런 것들을 다 떠나서 부윤발은 오늘 화운룡을 만난 것이 너무도 기뻤다. 왜냐하면 그가 가족을 이끌고 도주하도록 설득할 수 있기 때문이다.

만약 화운룡이 도주를 한다면 부윤발은 자신의 목을 내놓고서라도 그를 도울 각오다.

"소문주, 할 말이 있소."

화운룡은 고개를 끄떡였다.

"말해보시오."

부윤발은 어디에서부터 어떻게 말을 해야 할지 잠시 머릿속을 정리했다. 사실대로 말하면 화운룡이 큰 충격을 받을 것이므로 되도록 부드럽게 말하려고 애썼다.

"음, 본 방과 살수 조직인 은오루가 오늘 밤 안으로 비룡은월문을 공격할 것이오."

그러나 너 오늘 죽을 거라는 말을 아무리 순화시켜서 부드럽게 해봐야 결국 네가 오늘 죽을 것이라는 뜻일 수밖에 없다. 부윤발은 언어의 한계를 느꼈다.

화운룡이 고개를 끄떡였다.

"그렇구려."

"내 말 이해하지 못했소?"

"이해했소. 통천방과 은오루가 오늘 밤 안으로 본 문을 공격한다고 말하지 않았소?"

"그렇게 말했소."

부윤발은 화운룡이 정말이지 놀라울 정도로 침착하다는 생각이 들었다. 화운룡이 침착하다는 사실은 익히 알고 있었지만 이 정도일 줄은 몰랐다.

아무도 엿듣는 사람이 없는데도 부윤발의 목소리가 한껏 작아졌다.

"소문주의 가족들을 데리고 밤이 되기 전에 도주하시오. 내가 돕겠소."

화운룡은 차분하게 말했다.

"통천방과 은오루가 철벽처럼 삼엄하게 지킬 텐데 어떻게 도주한다는 말이오?"

"그러니까 내가 돕겠다고 하지 않았소? 내가 길을 열 테니까 소문주는 가족을 데리고 도주하겠다는 약속만 내게 해주시오. 그럼 되오."

"부 형이 위험할 것이오."

부윤발은 가슴을 펴고 웃어 보였다.

"하하하! 나는 그동안 승급을 해서 외총당주의 전향주가 됐소. 소문주가 생각하는 것보다 훨씬 더 높은 지위라서 나는 위험하지 않을 것이오."

화운룡은 잠자코 있는 형비에게 물었다.

"네 생각에는 부 형이 위험하지 않을 것 같으냐?"

형비는 잠자코 있는 것이 아니라 마음속으로 심한 동요가 일고 있는 것을 간신히 참고 있는 중이었다.

부윤발이 통천방을 배신하려고 하기 때문에 화가 나는 것이 아니다. 과거의 친분 때문에 자신을 희생하면서까지 벗을 도우려는 부윤발의 마음이 갸륵해서 가슴이 먹먹해진 것이다. 형비는 이런 사람을, 그리고 이런 우정을 예전에는 자신의 주변에서 본 적이 없었다.

"십중팔구 이 사람은 문주를 도주시키려다가, 아니면 그 후에 죽게 될 것입니다."

형비의 목소리가 깊은 물처럼 가라앉았다.

부윤발은 발끈했다.

"아니, 당신이 뭘 안다고 그런 말을 하는 것이오? 나는 외총당주의 전향주라는 말이오. 전향주가 얼마나 높은 지위인 줄 아시오?"

"전향주는 외총당주의 말을 수하들에게 전달하는 하급 향주요. 권한이라고 할 것도 없소."

"아니, 그게……."

형비가 정확하게 집어내자 부윤발은 말문이 막혔다.

화운룡은 형비를 보며 빙그레 미소 지었다.

"어떠냐? 너는 이런 친구가 있느냐?"

형비는 씁쓸한 표정을 지었다.

"없습니다. 솔직히 문주가 부럽습니다."

부윤발은 답답하다는 표정을 지었다.

"지금 무슨 소리를 하는 것이오? 시간이 촉박하니까 어서 내가 시키는 대로 하시오."

화운룡은 그윽한 시선으로 부윤발을 바라보았다.

"부 형, 당신 같은 벗이 있어서 나는 정말 기분이 좋소."

"그런 한가한 소리나 하고 있을 때가 아니오."

화운룡은 슬쩍 주위를 둘러보았다.

"설아, 너 따라온 거 다 알고 있다. 이리 와라."

부윤발과 형비는 의아한 얼굴로 두리번거렸다.

스으으…….

그때 갑자기 화운룡 바로 옆에 부옇게 혈무가 피어나는 것 같더니 곧 한 사람이 나타났다. 피처럼 붉은 혈의 경장을 입고서 어깨에는 쌍검을 꽂은 섬뜩한 모습의 운설이다.

"앗!"

부윤발은 소스라치게 놀라서 벌떡 일어났다.

운설은 부윤발에겐 눈길조차 주지 않고 입술을 삐죽거리면서 화운룡에게 투정을 부렸다.

"따라오지 못하게 한다고 제가 주군 혼자 이런 험지로 보낼 것 같은가요?"

화운룡은 빙그레 미소 지었다.

"잘했다. 설아, 네가 할 일이 생겼다."

운설은 서 있는 부윤발에게 턱으로 안쪽을 가리켰다.

"너 안으로 들어가서 앉아라."

"……"

부윤발은 움찔했지만 처음 보는 여자가 대뜸 반말로 명령을 하자 기분이 조금 나빠졌다.

"소문주, 이 여자 누구요?"

화운룡은 태연하게 대답했다.

"내 좌호법인데 무림에서는 설아를 혈영객이라고 부르는 것 같소만."

"……"

부윤발 얼굴에서 순식간에 핏기가 사라졌다. 입속에서 뜨아… 하는 소리가 나는 것 같았다.

때맞춰 운설이 서슬이 퍼래서 명령했다.

"안으로 들어가서 앉으라고 한 말 못 들었느냐?"

차착!

"드, 들었습니다!"

부윤발은 동작이 보이지 않을 정도로 빠르게 안쪽 의자에 궁둥이를 붙였다.

그러자 운설이 부윤발 옆에 앉고는 화운룡에게 배시시 미소를 지으며 말했다.

"말씀하세요."

"설아, 부 형은 내 친구니까 언행에 조심해라."

운설은 두 손을 합장하듯이 모으고 짐짓 깜짝 놀라며 교양 있는 여자처럼 굴었다.

"어머? 그랬어요?"

그녀는 바싹 얼어 부동자세를 취하고 있는 부윤발을 보며 방그레 미소 지으며 애교 섞인 목소리로 말했다.

"죄송해요. 혹시 화나셨나요?"

"어……."

부윤발은 운설을 보다가 속으로 '히익?' 하며 자지러졌다.

운설이 화운룡이 보는 방향의 얼굴 반쪽은 화사하게 웃고 있는데 화운룡이 보지 못하는 반대쪽 얼굴은 눈가루가 풀풀 날릴 정도로 싸늘했기 때문이다.

대저 세상천지에 이런 표정을 지을 수 있는 사람은 운설 한 사람뿐일 것이다.

더구나 한쪽 눈은 생글생글 웃고 있는데 다른 눈에는 살기가 와르르 쏟아져 나오는 것을 두 뼘 거리에서 보고 있는 부윤발은 오줌을 지릴 정도다.

부윤발은 두 손을 앞에 모으고 꾸벅 고개를 숙였다.

"저… 전혀 화나지 않았습니다. 네. 정말입니다."

화운룡은 부윤발의 빈 잔에 술을 따랐다.

"나는 부 형을 내 사람으로 만들 생각이오."

부윤발은 그게 무슨 소리냐는 표정을 지었으나 화운룡은 개의치 않고 계속 말을 이었다.

"그러기 위해서 부 형의 가족들을 모두 이곳으로 데려올 것이오. 이 친구에게 부 형의 가족 사항을 설명하면 데리고 올 것이오."

"소문주……."

"태주현에 온 통천방 고수들과 은오루는 오늘 밤에 전멸할 것이오."

"……."

"내가 언제 허언하는 것 봤소?"

부윤발은 예전에 화운룡이 단 한 번도 실언을 하거나 그가 세운 계획이 실패하는 것을 본 적이 없었다. 그야말로 백무일실이었다.

운설이 자기 의견을 말했다.

"주군, 사람을 찾아서 데려오는 것은 저보다 몽개가 더 낫지 않을까요?"

운설은 한시라도 화운룡 곁을 떠나기가 죽기보다 싫었다.

화운룡이 쳐다보자 운설은 손등으로 손바닥을 탁탁 두드리면서 설명을 했다.

"누가 보더라도 사람 찾는 것은 개방 장로가 더 낫지 아무려면 혈영단주가 낫겠어요?"

화운룡은 고개를 끄떡였다.

"네 말이 옳다. 몽개는 어디에 있느냐?"

운설은 잠자코 중얼거렸다.

"몽개, 들었으면 나와라."

차륵……

곧 주렴 걷는 소리가 들리더니 주루 안으로 몽개가 불쑥 들어와 이쪽으로 걸어왔다.

그는 화운룡에게 공손히 허리를 굽혔다.

"부르셨습니까, 주군."

화운룡은 부윤발을 가리켰다.

"부 형에게 가족 사항을 듣고서 그들을 모두 데려오게."

"알았습니다."

부윤발은 난감한 표정을 지었다.

"소문주……"

"이들이 부 형을 제압하고 고문을 해서 가족 사항을 알아내기 전에 순순히 말하는 것이 좋을 것이오."

혈영객과 죽장몽개가 동시에 부윤발을 날카롭게 쳐다보았다.

부윤발은 끙! 소리를 내더니 할 수 없이 자신의 가족 사항에 대해서 설명하기 시작했다.

부윤발의 설명을 다 듣고 난 몽개가 화운룡에게 공손히 부탁했다.

"주군, 옥 매와 같이 다녀오면 안 되겠습니까?"

몽개와 반옥은 현재 목하 열애 중이다. 말인즉 먼 길을 다녀오는 동안 연애를 하겠다는 뜻이다.

운설의 눈썹이 상큼 치켜떠졌다.

"이것들이 보자 보자 하니까."

몽개가 흠칫했다.

운설은 꼿꼿하게 앉아서 차갑게 말했다.

"황룡, 나와라."

차륵…….

주렴이 젖혀지더니 반옥이 모습을 드러내는 것과 동시에 번개같이 몽개 옆에 와서 나란히 섰다.

운설이 둘에게 일장훈계를 했다.

"지금이 어떤 시기냐? 통천방과 은오루를 전멸시켜야 하는 상황에 너희 둘이 희희낙락 연애질이나 하면서 몇 날 며칠이고 나들이를 다녀오겠다는 거냐?"

말인즉 운설의 말이 백번 옳다.

"저는 아직 몽 오라버니하고 같이 가겠다고 승낙하지 않았습니다만."

"말대꾸하는 거냐?"

"그게 아니라……."

운설의 목소리가 더 차가워졌다.

"네가 소향대수면 다냐? 내 말이 고까워?"

"아… 아닙니다."

'소향대수'라는 말에 부윤발은 입에 거품을 물고 기절하는 표정을 지었다.

'대… 대륙상단 총단주인 소향대수가…….'

운설은 오늘 날을 제대로 잡았다.

"입정(入正: 차려)."

차착!

나란히 선 몽개와 반옥이 재빨리 차려 자세를 취했다.

"초식(稍息: 열중쉬어)."

파파밧!

"입정, 초식, 입정, 초식……."

운설은 입정과 초식을 열 번 정도 거듭하고 나서 조용한 목소리로 말했다.

"몽개 너도 가지 않는 편이 좋겠다. 주군 친구의 가족을 데려오는 일에 개방 태주 분타의 개방 제자들을 보내라."

"알겠습니다."

"가봐라."

몽개와 반옥은 화운룡과 운설에게 각각 예의를 취하고 나서 눈썹이 보이지 않을 정도로 빠르게 사라졌다.

운설은 자기가 언제 그랬느냐는 듯 방그레 웃으면서 화운룡에게 말했다.

"됐죠?"

화운룡은 고개를 끄떡이고 나서 부윤발을 보며 미소 지었다.

"부 형, 일이 이렇게 됐소."

부윤발은 아직도 정신을 차리지 못하고 버썩 얼어붙은 표정으로 눈알을 데구루루 굴리다가 한참 만에야 휴우… 하고 긴 한숨을 내쉬었다.

"소문주가 지금은 춘추십패에 오를 정도인 비룡은월문의 문주라는 사실을 잠시 잊고 있었소."

운설이 따끔하게 지적했다.

"말조심해라."

그런데 부윤발이 운설을 보며 약간 주눅이 들기는 했지만 그래도 목에 핏대를 세우며 제 할 말을 했다.

"강요하지 마시오. 내게 소문주는 한 명의 좋은 친구일 뿐 그 이상도 이하도 아니오. 호칭은 문주로 바꿔 부를 수 있지만 우정까지 간섭하려고 든다면 나는 지금처럼 통천방 전향주로 남아 있겠소."

운설은 '호오! 요놈 보소?'라는 표정을 짓더니 화운룡을 쳐다보았다.

"…라는데요?"

화운룡은 빙그레 웃었다.

"설아, 너 앞으로 부 형에겐 조심해라."

운설이 종달새처럼 명랑하게 대답했다.

"잘 알겠습니다, 여보."

뼈걱!

"아흑!"

여보 소리가 떨어지기 무섭게 한 줄기 눈부신 섬광이 번쩍이더니 운설이 애처로운 비명을 지르며 일직선으로 날아가서 주루 구석에 내동댕이쳐졌다.

우당탕!

『와룡봉추』11권에 계속…